主编 凌翔 当代作家精品·散文卷

努力，活成最美的模样

朱 芸 著

文化发展出版社
Cultural Development Press
·北京·

图书在版编目（CIP）数据

努力，活成最美的模样 / 朱芸著. — 北京：文化发展出版社，2023.7
ISBN 978-7-5142-3990-4

Ⅰ.①努… Ⅱ.①朱… Ⅲ.①随笔-作品集-中国-当代 Ⅳ.①I267.1

中国国家版本馆CIP数据核字(2023)第113822号

努力，活成最美的模样

著　者　朱　芸

出 版 人：宋　娜	
责任编辑：孙　烨	责任校对：岳智勇
责任印制：邓辉明	封面设计：邓小林

出版发行：文化发展出版社（北京市翠微路 2 号　邮编：100036）
发行电话：010-88275993　　010-88275711
网　　址：www.wenhuafazhan.com
经　　销：全国新华书店
印　　刷：唐山楠萍印务有限公司
开　　本：710mm×1000mm　1/16
印　　张：13
字　　数：165 千字
版　　次：2023 年 10 月第 1 版
印　　次：2023 年 10 月第 1 次印刷
定　　价：59.80 元
ＩＳＢＮ：978-7-5142-3990-4

◆ 如有印装质量问题，请与我社印制部联系　电话：010-88275720

目 录

第一章　写作路上，感恩有您　　　　　　　001

真正的自律　　　　　　　　　　　　　　002
遇见蒋坤元老师，遇见温暖　　　　　　　005
蒋坤元老师说：成功只要两步　　　　　　007
编辑向我征稿了　　　　　　　　　　　　012
坚持，只为成为更好的自己！　　　　　　016
感恩遇见　感恩有您　　　　　　　　　　019
我的目标，100万字　　　　　　　　　　022
别人那么优秀，自己怎么办？　　　　　　025
跟优秀的人同行，拥抱更广阔的世界　　　028
文字路上一路相随，感恩遇见　　　　　　031
原来，我可以　　　　　　　　　　　　　034
我盼望，有那么一天　　　　　　　　　　037
写作，疗愈伤痛，成就自我　　　　　　　041

第二章　自律，是女人最美的模样　　　　　047

余生，我只想为自己活一回　　　　　　　048
活得漂亮　　　　　　　　　　　　　　　051
努力，为更有底气和尊严地活　　　　　　055
这辈子，我"吊死"在"美"这棵树上　　059

45 岁，我已期盼多年了	064
女人，就该活得美美的	068
自从我开始做自己，那滋味真叫一个"爽"	071
自律，是女人最美的模样	074
纵然热泪盈眶，也要初心不忘	076
美丽人生，不胖不瘦 100 斤	081

第三章　爱，是幸福的港湾　　085

永远的思念	086
爱在天堂	089
孩子，妈妈想对你说	093
生命中，那些爱、那些暖	096
我爱您，妈妈	100
有一种幸福叫：家中有个好嫂子	103
爱你，小桃子！	107
好好活着，是对亲人最好的祭奠	111
幸福的味道	114

第四章　爱的微光，照亮世界　　117

不管经历多少伤害，我依然选择善良	118
照亮生命的光	122
善良的传递	126
行善自有天知，愿好人一生平安	129
人间处处有温情	132
亲爱的姑娘，我要你活着！	135

爱的微光，照亮世界　　　　　　　　　　　　138

第五章　余生不长，不再辜负　　　　　　　　141
　　努力向前，你想要的一切在前方微笑着等你　　142
　　余生不长，不再辜负　　　　　　　　　　　145
　　一个人的独舞，一个人的狂欢　　　　　　　149
　　微信朋友圈，让我变得更优秀　　　　　　　153
　　你值得拥有更好的　　　　　　　　　　　　157

第六章　追梦路上，让灵魂发光　　　　　　　161
　　愿每一个心有繁花的姑娘，都会被世界温柔以待　162
　　读蒋坤元老师《沉到河底就能采到珍珠》　　167
　　甘甜的苹果，长在墙外　　　　　　　　　　171
　　你的光芒，是自己给的　　　　　　　　　　176
　　《主角》：一个女人的辉煌，
　　　　　是万箭穿心后的生命涅槃　　　　　　180
　　从月薪 2000 元，到年入百万，
　　　　　写作怎样改变人的命运　　　　　　　188
　　辞官的县委书记——铁腕反腐背后的侠骨柔情　193

第一章 写作路上,感恩有您

真正的自律

2017年6月，我有幸认识了花样年华老师，买了她的新书《花样年华》。书里的主人公们有着各种各样的不同人生，都历经坎坷、挫折，甚至是灾难，有过迷茫，有过颓废，但他们最终选择了坚强，选择了直面人生，奋力拼搏，努力向上，实现了自己的梦想，或过上了想要的生活，或完成了华丽的变身。他们的人生，是有价值有意义的人生。

花样年华本人，也极其励志，在当好老师的同时，利用业余时间，通过自己辛勤耕耘、不懈努力，在各大知名报纸杂志上发表多篇文章，还出版了纪实文集《花样年华》，赢得了广大读者的好评，在社会上引起了强烈的反响。

花样年华老师每天坚持看书写作，晚上十二点睡，早上六点起床，周六周日也一样。她高度自律，利用碎片化时间看书写稿，工作、生活、写作几乎不耽误，工作取得很好成就，写作也取得不凡业绩，生活安排得井井有条，小日子过得有滋有味。

非常幸运的是，认识了花样年华老师，加入了她的读者群，认识了很多热爱写作的人。她们都那样优秀，那样自律，如齐帆齐老师。

齐帆齐老师的经历就是一部活生生的励志片。她初中辍学，打过工、进过工厂、创过业，历经千辛万苦，后来进入互联网公司，接触到网络，接触到各种写作平台，从此，她的生活发生了巨大的改变。

齐帆齐老师一直喜欢读书，在书本中汲取无穷的力量，艰难困苦的岁月里，她从未放弃对理想的追求。在辛苦打拼的日子里，她深刻体验了最底层人们的艰辛生活，为后来的写作积累了丰富的素材。互联网时代，给她打开了一扇大门，只要你愿意，就可以尽情书写自己的人生，从此，简书平台多了一位写手齐帆齐。

她写的是自己和身边人的故事，都是些平民、"草根"，通过坚持不懈的努力，绝地反击，于绝境中重获新生，实现了人生的逆袭，激励了千千万万的人，受到了广大读者的好评。

齐帆齐老师的文章，充满了正能量，很多文章成为爆文，短短一年就成为简书签约作者和简书大学堂的讲师。听了她的写作课，真像喝了一碗美味又营养的"齐齐牌"鸡汤！

认识齐帆齐老师，我才知道简书，读到了很多简书文章。简书平台上，真是高手云集，不少作者都是一边工作一边写作，取得了很好的成绩。有的文章上了大号的头条，点击率10万多，"吸粉"无数；有的成了签约作者，月入稿费过万元，成了妥妥的人生赢家，过上了不一样的人生。

面对他们，我不禁汗颜。过了半辈子，一事无成，想做的事很多，比如说写作、练书法、学画画、练瑜伽……但总觉得时间不够，大多时候是空想。

2016年8月开了自己的公众号，每月写一两篇，感觉很努力了，现在和大家相比，真是无比羞愧。还有看书、练字都是三天打鱼两天晒网，当然也谈不上有多大成效。

这些年来，唯一坚持下来的就是跳舞。当然，坚持下来的好处显而易见，我保持了少女时代的身材，皮肤很好，比同龄人年轻很多，跟我上大学的女儿一起，人们说我们像姐妹，这是我唯一值得欣慰的地方！

时间是最公平的，对每个人都一样，既不多一分，也不少一秒。为什么别人会在有限的时间里取得优异的成绩，而自己却一事无成？

　　原因就在于，优秀的人从不知足，从不放弃，不管在怎样艰苦的环境下，充分利用间隙时间，努力学习，奋力拼搏，不断提升，不断向更好迈进。事实证明，自律的人都是狠角色，成功只眷顾勇往直前、不被命运打倒、含着眼泪奔跑的人。你付出的努力和汗水，定会让你的人生闪闪发光。

　　各位老师的事迹，深深地感动了我，也激励了我。从他们身上，我知道了什么叫真正的自律，什么叫努力和奋斗。我要改掉拖延症、懒病，做一个自律的人。

　　我希望，跟优秀的人为伍，我也能成就不一样的人生，遇见更好的自己！

遇见蒋坤元老师,遇见温暖

6:30闹铃响起,我起床了,我必须写点文字,我已经懈怠很久了。打开微信,看到蒋老师五小时前在发布文章,一小时前又在发布文章。蒋老师这么优秀的人都这么拼,我不禁脸红,自己想做很多事,总觉得时间不够用,其实就是不自律,从今天起,要向蒋老师学习!

蒋老师,我有点担心,您每天只睡三四个小时,一定要保重身体,休息好。您是我们的"领袖",在健康方面也要作表率。

打开简书,有八条消息,有点震惊。一看,是蒋老师给我的诗歌《我希望》的打赏,文章入选了《忘忧草》《晚秋作物》《以诗之名》《天涯简书共风流》《正前方》等专题。我知道,是蒋老师给我的鼓励。谢谢蒋老师,让我的心溢满了温暖和感动!

我近半年很少写文章了,因为严重失眠,不敢用脑,这几天睡眠有了改善,忘不了心心念念的文字,每天看到蒋老师和齐帆齐老师那样努力,那样高产,写出那么多激励人心的好文章,还有很多的文友,像庶人米、柳兮、素心、雪梅等,大家都笔耕不辍,我很受鼓舞,我也要坚持写下去!

感恩遇见,感恩文学道路上认识的每一位老师,认识花样年华老师,然后认识齐帆齐老师,再认识蒋老师,认识了你们,我认识了更多的朋友,与优秀的人为伍,自己也不会太落后,因为有你们作榜样,更重要的是有你们的鼓励和支持，让我充满信心，充满希望，感恩有您！

特别感谢蒋老师，认识蒋老师，最初是从齐帆齐老师、千尹的文章里，知道了蒋老师不仅是作家，出版了31本著作，是中国散文学会会员，苏州市作家协会会员，还经营着两家公司，被媒体称为苏州最富有的作家。最难能可贵的是，蒋老师还是慈善家，有着菩萨一样的心肠！

蒋老师，太优秀了，怎么会有这样优秀的人，我对蒋老师无比钦佩！我心里想，有机会我一定要认识蒋老师。

有缘人总会相逢。不久，齐帆齐老师的写作群里有人发了蒋老师的名片，我加了蒋老师的微信，蒋老师很快回复通过。我很高兴，蒋老师对我这样素不相识的人如此信任、如此尊重，说明蒋老师胸怀宽广、待人宽厚。

5月4日，蒋老师写了《怀想我的青春：那一天》，写的是18岁当兵的经历，读了催人泪下。蒋老师家庭贫困，通过自己努力打拼，历经千辛万苦，才取得了令人瞩目的成就。我给蒋老师点赞，打赏。

没想到，蒋老师对每一个读者都很重视。他马上给我的两篇文章《感谢有你》《修炼成"妖精"，是我毕生的追求》打了赏，并收录了专题。我特别感动。

我2017年11月开始在简书写作，因为工作忙，还有身体的原因，写了很少的几篇，除《永远的思念》上了首页，阅读量稍高一点外，其他的都很少。对我这样一个新人，蒋老师给我如此的支持和鼓励，非常感谢！

蒋老师是大咖，是"网红"，是灿烂的阳光，指引着我们，给我们温暖，给我们感动。蒋老师说："我不仅为自己活，而且想为大众活，为大家做事，做大海一样宽阔的人！"

为我们国家有蒋老师这样具有社会责任感、富有爱心的优秀企业家和作家感到无比欣慰、无比自豪！蒋老师，您永远是我们学习的榜样！

蒋坤元老师说：成功只要两步

蒋坤元老师说："成功只要两步，一步开始，一步坚持。"

看似简单的两步，实则太难。为什么成功的人只是少数，就是这个道理。蒋老师坚持写作三十七年，所以他成功了，有多少人做得到呢？

齐帆齐老师在简书写作一年多，成为荔枝微课认证讲师、多家平台签约作者、网络红人，已出版《我的草根奋斗故事》《人生没有太晚的开始》两本电子书，签约了两本实体书稿，吸收的学员越来越多，通过直播课、推广、文案、打赏、问答等收入，月入两万元。看似简单，可知齐帆齐老师为这一天付出了多少辛勤的劳动和汗水，才实现了如今的梦想。

那些牛人大咖，他们魅力无穷，闪闪发光，但是我们不知道，他们用什么样的代价才换来光芒闪耀的人生。

在自媒体时代，人人都可写作，写作是"门槛"很低的事情，开始好像挺容易的。对于我来说，选择写作，一是因为热爱，二是也想有点收获，但是，写作也是一件非常艰苦的事情，坚持下去挺难。

一、时间

首先，时间的问题。我要上班，而且经常出差下乡，工作繁忙，上班时间是不可能用来写作的，像很多非专职作者一样，上班是主业，写作是业余爱好，只能用业余时间来完成。

这些年，我唯一坚持下来的就是跳舞。我是家乡健美操协会的成员，每天早晚在广场上带大家跳健美操和广场舞。我喜欢跳舞，跳舞让我的精神面貌焕然一新，我的人生因此而精彩。

我从小体弱，这几年又失眠，身体不好，锻炼是头等大事，因经常出差下乡不能跳舞，也坚持步行。因为长期锻炼，虽然身体不佳，但一直保持了少女时代的形体不变，人也显得很年轻，跟读大学的女儿在一起，大家都说像姐妹。

活到40岁，我变成了美女，多年的付出，一定有回报，这是我值得欣慰的地方。人过中年，没有成为油腻的大妈，看起来依然年轻漂亮，是我取得的一个小成功。

下班后，除了做家务和锻炼外，我还尽量抽时间看看书、练练字，灵感来了，也会写点文章，一个月写一两篇，发到自己的公众号上。前提是少看手机，否则，一看起手机放不下，整晚的时间就泡汤了，抵制手机的诱惑也挺不容易的。

作为女人，晚上还要敷面膜、泡脚、理疗什么的，再涂抹化妆品一阵子，已到睡觉的点，没时间去做别的事了。我严重失眠，不敢再熬夜，尽量十一点睡，最迟不能超过十二点。

这样，要拿出时间来写作，真是不容易。我看到花样年华老师、齐帆齐老师和蒋老师，都是睡得很晚，起得很早，挤出时间来学习和写作，特别是蒋老师，每天深夜和清晨都在发文章，算下来只睡三四个小时，真是高度自律，我无比钦佩！

要坚持写作，怎么办？只有充分利用碎片化时间，在休息的间隙一有空就写几句。另外，提高做事效率，尽量省出时间。简书的最大优点就是能在手机上写稿，并不断修改，简书的强大功能给写作提供了极大的便利。

鲁迅先生说："时间就像海绵里的水，只要愿挤，总还是有的。"关键是自己要自律，每天有个计划，合理安排好时间。

二、输出

其次，输出的问题。每天都写作，除了要挤出时间，还要有思路、有灵感。灵感来了，滔滔写出两三千字不在话下；没有灵感，大脑一片缥缈，任自己抓耳挠腮，抓破头皮也写不出几个字，好惨！

2017年9月，我报了写手圈30天写作训练营。那时刚好出差，每天要完成写作任务，吃完晚饭，出去走一圈，赶紧回到宾馆码字，然后通过自己的微信公众号发到朋友圈，写上字数和感悟，拍张照片发给老师，才算交差。

刚开始几天，一天写一篇，从身边人和所见所闻写起，有时是命题作文，要用上相关词语、心理描写、规定的场景。写了几天有种黔驴技穷的感觉，写不出来了，改为两天一篇。没有时间去公众号排版发布，直接在计算机上拍张照片了事，完全是拼凑应付任务，不忍卒读。

最惨的有几天，晚上加班，完了回去写作，绞尽脑汁硬是完成任务，已经凌晨1点钟了，熬了几天，累得要死，真是撑不下去了，所以30天的训练营，没完成任务罚交了好几个红包。

亲身经历，写作可不是好玩的，肚里没货，写三天三夜也写不出来。可我不能就这样放弃了呀，不多写多练，怎么能写出好的文章呢？

我要写下去，要有输入，才有输出，要多学习、多观察、多思考。

一是广泛阅读，多看好书、名著，增加知识和积累，学习大咖的文学知识、谋篇布局、写作技巧，多看好文章，广泛吸收别人的精华。

二是多学习。我报了齐帆齐老师的写作培训班，才知道简书，学会了在简书上写作。写作，让我认识了很多优秀的朋友，从他们身上又学到了很多东西。学习使我不断进步，不断成长。

三是多观察周围的人和事，多和不同的人交往，听取他们和亲朋好友的故事，从身边获取写作素材，让文章有血有肉，真实鲜活。

四是多看新闻和社会热点，多思考，从中提炼写作要点，用独特的视角反映社会，反映生活，歌颂美好，用满满的正能量鼓舞更多的人，影响更多的人，像花样年华老师、齐帆齐老师和蒋老师一样，让自己的人生更有意义。

优秀的文化，是一个国家和民族的灵魂和脊梁。正是有你、有我、有他，不断写出好作品，才使我们国家的文化事业蓬勃发展，百花齐放、百家争鸣，呈现一派姹紫嫣红、欣欣向荣的景象。

三、坚持

最后，坚持的问题。我记得齐帆齐老师说："坚持写到100万字，一定会写出成绩。"我算一下，平均每天写1000字，要三年左右才能写到100万字，每天都写，真不容易。

蒋老师，几乎每天都在更文。他管理着两家企业，工作如此繁忙，却这样有毅力，除了深深的热爱，没有其他原因。蒋老师说："我把写作当作愉悦自己的一种方式，所以我写作，我快乐！"

把一件事坚持下来，做到极致，你就成功了！

我从小喜欢看书，看得痴迷，文字让我学到更多的知识，看到更广阔的天地。一直以来，心中对文字有一种深深的热爱。参加工作后由于工作繁忙，有很长时间没有看书，那一段时间，总感觉心灵空虚，时常烦恼和郁闷。

是书本这个好老师，像一盏明灯，照亮了我灰暗的心房；像一股清泉，滋润了我干涸的心田，让荒芜的沙漠中又长出了葱郁的绿洲。

我爱文字，文字充实了我的心灵，那些美妙的文字如甜美的琼浆，让我甘之如饴。我越来越喜欢宅在家里，看书写稿，写下我对生活的感悟，对美好的追求。

用文字记录时光，记录生命中的那些痛苦和开心，泪水和欢笑，平凡岁月增添了无限的生动和色彩，时光流逝，文字永恒，这个世界，我来过！

文字让我看到更广阔的世界，文字让我经历千百种人生，文字让我结识优秀的朋友，文字给予我前进的动力，文字让我成为更好的自己。

感谢文字，感恩遇见，遇见您，遇见温暖，遇见阳光灿烂，遇见春暖花开。

我加入齐悦梦想社群，跟随齐帆齐老师和蒋坤元老师放飞梦想，在更美丽更宽广的世界翱翔。有他们作榜样和表率，无论怎样艰难，我都要坚持下去。

或许，我做不到日更，做不到每天写1000字，但我会努力写下去。杨绛先生说，人来一世，目的就是通过磨炼意志来使灵魂升华，对自己狠一点，对自己狠的人，没一个不是光芒四射的。

有一段话说得好："当别人在睡觉，我们在奔跑；别人在抱怨，我们在改变；别人在犹豫，我们在继续；别人在观望，我们在路上；我们的字典里没有借口和放弃，只有坚持和努力，初心不改，勇往直前！"

坚持下去，梦想会实现，明天更美好！

编辑向我征稿了

记得 2018 年 5 月 3 日，我发布了文章《修炼成"妖精"，是我毕生的追求》后，收到了微信公众号"下班了干啥"编辑的征稿。自己写的文章得到了别人的认可，我心里很高兴，但我拒绝了编辑的美意。

5 月 22 日，我发布了文章《蒋坤元老师说：成功只要两步》，收到了"情话博物馆"编辑的征稿，我也婉拒了。

这不是好事吗，为什么要拒绝？

一、努力不能以牺牲健康为代价

因为我工作忙，接受了征稿任务，无论如何就得按时交稿，如果没有时间，就只能晚上熬夜写，这对自己的身体很不利。虽然要努力，但不能以牺牲健康为代价，身体才是最大的财富。

二、知识贫乏写不出好文章

我真切感觉自己积累不够，知识贫乏，要多学习各种知识，增加知识储备。当时，写一篇文章我要花费几天时间，一边收集资料，一边思考，一边写，为一个恰当的词要想半天，并不是很快就能写出来，初稿写完，不太像样，还有错字，要反复修改，才算完成。

增加积累最好的方法是多看书，广泛阅读名著和优秀作品。臧克家说："读过一本好书，像交了一个益友。"

一本好书，或语句优美，诗情画意；或深刻隽永，富有哲理；或谆谆教导，如良师益友。

一本好书，似清凉的甘泉，浇灌了心灵的花园；像一盏明灯，指引着前进的方向。

梭罗说："书是世界宝贵财富，是国家和历史的优秀遗产。"

伟人说："饭可以一日不吃，觉可以一日不睡，书不可以一日不读。"三日不读书面目可憎，可见，读书的重要性。

只有广泛阅读好的作品，学习文学知识和写作技巧，提高鉴赏能力和写作水平，不断输入，通过思考吸收才能转化为输出，俗话说"熟读唐诗三百首，不会作诗也会吟""读书破万卷，下笔如有神"，真的达到满腹经纶，那就可以出口成章了。

三、不能急功近利急于求成

写作是一个漫长的过程，只有多写、多练，不断学习和总结，才能不断提高。

写作如爬山，要爬上高山，一要有目标，二要靠努力，三要靠坚持。有了目标，不管翻山越岭，不管刮风下雨，克服种种困难，努力向上攀登，只有登上山顶，才能看到秀美的风光，一览众山小。

司马迁初心不忘，历经酷刑和屈辱，在狱中不懈写作，才有了"无韵之离骚，史家之绝唱"的《史记》；曹雪芹矢志不渝，"披沥十载，删减五次"，才有了流芳百世、举世瞩目的《红楼梦》；贝多芬在双目失明的情况下不屈不挠，坚持谱曲，才有了闻名世界、震撼人心的《命运交响曲》。

莎士比亚说："不应当急于求成，应当去熟悉自己的研究对象，锲而不舍，时间会成全一切。凡事开始最难，然而更难的是何以善终。"

坚持下去，你流下的每一滴汗水都不会白费，一定会浇灌出馥郁和芬芳！

四、要有责任心

写文章是干什么用的？是为了让别人看的，别人花时间看你的文章，多少要有点贡献和价值才对呀！就像吃东西，一要有营养，二要美味可口。食物是身体的营养，文章是精神的营养。

要有营养，就不能空洞苍白、言之无物，不能哗众取宠、粗俗低级，不能人云亦云、味同嚼蜡，要有情趣、有深度、有温度，如琼浆玉液，吃了满口生香，回味无穷。

写到这里，我真的很惶恐，写作是有责任的，要对得起读者。

老子曰："知人者智，自知者明。"

我还是有自知之明的，不敢轻易答应编辑的征稿，要努力学习，不断提高，好好写稿。

托尔斯泰说："我的生命，我的理智，我的光明，只是为烛照人类而具有的。我对于真理的认识，是用以达到这目标的才能，这才是一种火，但它只是生活在我内心的光明中，把它在人类面前擎得高高的，使他们能够看到。"

我会用心写好每一个字，愿你在我的文字里看到光明，看到温暖，看到爱！

为了写好文章，为了抱团取暖，不断进步，我加入了齐悦梦想大型社群，大家给予我满满的温暖和感动。

　　加入齐悦梦想社群不久，在齐帆齐老师和蒋老师的鼓励支持下，我写了 16840 个字，获得了 104 个喜欢，收获了 52 个"粉丝"，满心欢喜。

　　感谢老师和亲爱的朋友们，你们的一个小星星、一句亲切的话语，都是我前进的动力。我要努力，不辜负你们，也不辜负自己，与你们同行，共享美好明天，成就未来！

坚持，只为成为更好的自己！

有一段时间，因为出差下乡，工作较忙，最主要的是失眠的老毛病又犯了，精神不佳，每周一篇的更文没有坚持下来。

看到社群里的文友们发布了一篇又一篇文章，有的成为日更达人，不仅羡慕，而且佩服，心中更多的是焦虑。

可因为身体原因，不敢过度透支，说服自己原谅自己，自己不是太颓废，而是为了身体健康。

留得青山在，不怕没柴烧！

从2017年11月开始在简书写作，到2018年6月，我一共写了6万多字，获得239个"粉丝"，576个喜欢，年初也是因为失眠等各种原因，差不多半年的时间没有写文，从6月份参加齐悦梦想社群以来，每周写一篇文章，不管质量如何，坚持完成任务。

一年的时间里，一共写了31篇文章6万多字，比起写了几十万字，甚至上百万字的作者，真是不值一提。可我为了写这些文字，付出了很多，当然，也收获了很多。

为了写文，参加了齐帆齐老师的写作培训班，通过上微课，学习了一些资料收集和写作的方法，简书写作就是向齐帆齐老师学的。

通过参加培训班和社群，认识了很多老师和朋友。蒋坤元老师、花样年华老师、齐帆齐老师、与君成悦老师是我最佩服的人，那样的优秀和自律；还有雪梅姐姐和柳兮妹妹，文章写得越来越好。他们都是我学习的榜样。

在学习和写作的过程中，加入了十多个写作交流群，现在每天有上千条的消息，上百篇的文章发布出来，让我目不暇接，也没有时间和精力去看，但这么多人坚持写作，激励我不能放弃，要努力加油！

稻盛和夫说："要将努力变成持续的力量，就会让你这个平凡的人变为非凡的人，你就会具有强大力量。"

为了写文章，我好像接受了一项任务，每天都在想要写什么，怎么写，浪费时间的事情就放弃不做，总想多看些文章，增加点灵感和知识储备。

确实感觉写不出来的时候，看看别人的文章，突然就有想法冒了出来，特别是坚持不下去的时候，读读好的文章，仿佛注入了一股力量，又有了继续写文的动力和信心。

我羡慕那些日更达人，不管怎样，能坚持天天写作，的确不简单。最让我佩服的是蒋坤元老师，每天早晨五点左右就开始发布文章，几乎天天如此，在"简书"和"知乎"上发表了多篇连载小说。这么优秀的人都如此自律和努力，让我自惭形秽。

而我自己，每周更文一篇，都要绞尽脑汁地想，再去搜集素材，其中要加入名言和金句，才能让文章有深度有亮点。写一篇文章确实不容易，写篇好文章更难，几乎花费了我所有的休闲时间。

区区6万多字，饱含了我的心血和汗水，写出了我的心路历程和真情实感。也许，我成不了一名作家，可文字疗愈了我的心灵，充实了我的思想，使我成为更好的自己。

值得高兴的是，写的文章虽然不多，但已有不少编辑向我征稿，特别是在"知乎"上发了六篇文章，有十多个编辑向我征稿，听说"知乎"

平台的含金量很高，读者也很多，虽然我没有时间和精力去完成征稿，可给我很大的信心和力量，要努力坚持写下去！

最后，用雪小禅老师的一段话作为结尾，这也是我的心声。

感谢文字，带着风的凛冽，但却给了我足够的安全感，它是那么懂我的忧伤与哀愁。

感谢文字，让我有了善良，让我懂得要善待每一个人。

感谢文字，让我有了教养，让我懂得尊重每一个人。

感谢文字，让我把所有的记忆都放在了心里，也放到了能触摸的每一个地方。

身在闹市，却异常孤独，这大概是喜欢文字的人惯有的通病，就这样一直沉醉在自己的世界里。

感谢文字，让我记忆中的合欢树亦是如此的清晰！

感谢文字，一直陪着我的孤单与清冷，还有骄傲！

感恩遇见　感恩有您

我没有想到,蒋坤元老师在文章中推荐了我,除了感动还是感动,下面是蒋老师推荐我的文章。

人生这条路／无论怎样的坎坷艰难／最终只能一个人走下去

这是简友珠珠的诗。

珠珠的诗,让我想起诗人胡鸿的诗"风雨里一个人要好好地走"。

珠珠,出生在"孔雀公主"杨丽萍的家乡——云南大理,喜欢跳舞,热心公益,热爱美好,追求一切美好的东西,在追求美的道路上你我同行!

这是她的心声。

像这样真切的声音,能够在喧嚣的网络上听到,算不算一种幸运呢?

珠珠的文章就是这样的真诚和美。

——此刻,心灵的花园,有悠扬美妙的音乐,有清丽动听的歌声,有蓝天白云,有潺潺的溪水,有青青的小草,有一眼望不到边的绿,有千娇百媚的花儿迎风起舞,赏心悦目,令人沉醉。《一个人

的独舞,一个人的狂欢》

——人生如逆旅,我亦是行人,一路走来,有过心酸,有过疲惫,有过伤痛,也有过小小的惊喜。跌倒了,再爬起来,失落了,再一次鼓起勇气,只要心中有希望,没有什么能阻挡我前进的道路。《努力向前,你想要的一切在前方微笑着等你》

——当我老了,坐在摇椅上,翻看朋友圈,仿佛又回到了年轻的时候,看到,一直追求美的自己,一直努力向上的自己,一直自律的自己,能写出这么美好文字的自己,然后,嘴角微微上扬,我做过想做的事,爱过想爱的人,终于,我活成了自己喜欢的模样,没有辜负自己的人生!《微信朋友圈,让我变得更优秀》

[特别推荐理由]

珠珠语:

一直以来,爱心人士的先进事迹激励着我,我也向遇到困难的人们奉献一点小小的爱心。这些年,我给外地患病的求助者捐过款,给弥渡患尿毒症的小伙子捐过款,给昆明患白血病的年轻妈妈捐过款,给侄女的同学捐过款,给同事的亲戚捐过款……还在腾讯公益和水滴筹等平台上捐过款,那些人和我素不相识。

我捐的钱不多,100元、200元、500元、1000元都捐过,捐了多次,这并不影响我的生活。个人的力量是有限的,但涓涓细流会汇成滔滔的江海,只要人人都献出一点爱,世界将变成美好的人间!

有一种平凡,让我们泪流满面;有一种平凡,在人间播撒大爱,花样年华老师说:"愿你我努力活成别人的光,给人生生不息的爱和希望!"

稻香老农老师看到蒋老师的文章,又替我写了一首诗,让我再一次感动。

珠珠好平凡，大爱播人寰。
音乐多美妙，白云飘蔚蓝。
个人沧海粟，汇聚成波澜。
人人献出爱，美好留人间。
珠珠为标杆，奋力走向前。

感谢蒋老师和稻香老农老师。我只想得到一朵小花，你们却给了我一片花海；我只想获得一缕阳光，你们却给了我整个春天！

稻香老农老师是蒋老师的朋友，云南玉溪人，和我是云南老乡。稻香老农老师说蒋老师推荐的，一定是值得大家学习的。最难得的是，稻香老农老师主动加了我的微信，他说他一般不加人，我真是太幸运了！

蒋老师和稻香老农老师的文章发布后，留言的人很多，我的文章点击量增加了不少，文章一下子被收录到了几十个专题，收获了几十个"粉丝"，我这么平凡的人被大家认可和称赞，高兴之余又觉得惭愧，我一定好好努力，不愧对大家的厚爱。

在简书写作一年，写了8万多字，比起那些写了几十万字、上百万字的人，还差得很远。有各位老师和朋友们的支持鼓励，我一定会坚持下去。

写文的路上，我不断进步，不仅收获了支持和友谊，还收获了温暖和感动。感恩遇见，感恩有您，风雨兼程，永不言弃！

我的目标，100万字

　　100万字，是什么概念？就是每天写1000字，要写三年左右，而我在简书写作一年，只写了8万多字，照这样的节奏，100万字，要写十年。
　　如此，说它是万里长征也不为过！
　　雪小禅老师对写作者的建议："读1万本书，写100万字，才能谈写作。"所以，想当一个作家是非常不容易的！
　　齐帆齐老师曾说过，写到100万字，一定会写出成绩。
　　为什么要写100万字，就好比建房子打基础，只有基础打好了，才能建出好的房子来。万丈高楼平地起，基础是关键。
　　写出100万字，从知识的积累到词句的运用，最后到谋篇布局，熟能生巧，融会贯通，直至下笔如有神，只有写了100万字，才能实现量变到质变的飞跃。
　　当然，写作过程中，会遇到许许多多的困难。比如说，无话可说写不下去、平铺直叙毫无美感、抓耳挠腮绞尽脑汁、心烦意乱痛苦不堪……如此种种，都是写作过程中经常出现的。
　　法国作家福楼拜曾一连写了三天，突然间大发雷霆，痛苦不堪地在地板上滚来滚去，继而用头撞墙，把地毯塞进嘴里，惊呆了众人。
　　路遥写《平凡的世界》，多年来，在远离家乡的简陋环境里进行创作，用眼过度患了严重的眼疾，每天不停地写，写到半夜三更，写到手痉挛，心力交瘁，躺在床上常常有生命终止的感觉。

严歌苓写小说，患有严重的失眠症，曾经三十四天没有睡觉，一直流泪，几近癫狂。

写作是个苦差事，是那种抽筋剥皮的苦，每一部伟大的著作，都是作者用生命的鲜血浇灌出来的！

既然选择了写作这条路，先做好吃苦和长期坚持的准备，要有"水滴石穿"的韧性，更要有"一万小时定律"的钻劲，不断总结，不断提升，相信写够100万字，一定会收获属于自己的硕果。

写作过程中最重要的是坚持，写不下去也要死磕，死磕下去，咬紧牙关撑过这一关，一定会有"山重水复疑无路，柳暗花明又一村"的喜悦。

最好的办法是每天都写，许多知名作家天天写作，几十年如一日，因而他们取得了卓著不凡的成绩。

村上春树每天必做两件事：跑步10公里和写4000字，几十年如一日。写够4000字就坚决不写，写不够4000字决不停下，一定逼自己写够4000字才罢休。而且他每年都跑一次马拉松，总共跑了33次。因此，村上春树保持了源源不断的创造力。

林清玄从小学三年级时开始每天写500字，不管刮风下雨，心情好坏。到了中学，每天写1000字的文章。到了大学，每天写2000字的文章。大学毕业以后，一直坚持每天写3000字的文章。

木心老师说："写作没有捷径，只能长期的磨炼，多写，多改。很多人一上来写不好，自认没有天才，就不写了，这是太聪明，太谦逊，太识相了。天才是什么呢？至少每天得写，写上十年，才能知道你是不是文学的天才。"

每天都写，素材在哪里，怎么写呢？

灵感像个调皮的小孩子，倏尔就不见了，要养成随时记录的习惯，有什么想法冒出来，赶紧记下来，把这些零星的事情串起来，也许就成了一篇不错的文章。

所以，要写好这100万字，唯一的办法就是多看、多想、多练，利用一切空闲的时间。

蒋坤元老师，坚持写作近40年，几乎每天都在更文，发表小说、散文、诗歌几百万字，在简书写作一年，已写了97万字。他管理着两家企业，工作如此繁忙，却这样有毅力，不得不让人钦佩！

稻香老农老师，日更达人，已写了100多万字。稻香老农老师擅长写诗，出口成章，如滔滔江水奔涌而出，没有深厚的功底是写不出来的。

周卫英老师，日更达人，也写了近92万字。周老师书法写得很好，当然，也是要每天练习，艺术和创作是一脉相承的，实现它们的融合，只有坚持不懈的努力。

我还发现了一位简书"大神"费漠尘，自称在一年内写出了100万字，利用所有碎片化时间，等公交、坐地铁、等飞机、休息间隙……不浪费一分一秒，坚持日更，一年内完成了100万字，勤奋创造了奇迹！

不逼自己一把，永远不知道自己有多么优秀！

成功就等于百分之九十九的汗水加百分之一的天赋，勤奋才是成功之母！

他行，我也行，向着100万字，进发！

别人那么优秀，自己怎么办？

　　自从报了齐帆齐老师的写作培训班，加入了齐悦梦想社群，认识了很多热爱写作的朋友，很遗憾的是没去参加过齐帆齐老师组织的线下见面会。

　　2019年6月30日和7月6日蒋老师的新书发布会，我没能去参加，又错过了一次和文友相见和交流的机会，只好在群里看大伙发布的聚会文章和照片，感受一下那种喜悦的心情。

　　让我吃惊的是，与君成悦老师竟然去参加了那年7月6日蒋老师的新书发布会。当时她刚出了车祸，左手骨折，多处软组织挫伤，正在住院。没想到她包着左手，拉着行李箱，还带着女儿，行程几千里，从南宁到苏州甪直古镇，换成我自己是万万做不到的，不由得对与君成悦老师增加了一份钦佩！

　　齐帆齐老师、蒋坤元老师与君成悦老师创建了齐悦梦想社群。三位老师都极其优秀，写作、出书、教授学员，用文字、真诚和热情吸引了一大批喜欢文字的人，有缘的人，不管远隔千山万水，终会相逢！

　　齐帆齐老师是中国散文学会会员、安庆市作家协会会员，已出版了《我的草根奋斗故事》《人生没有太晚的开始》两本电子书。2019年1月出版了实体书《追梦路上，让灵魂发光》，鼓励了千千万万的人。

蒋坤元老师系中国散文学会会员、江苏省作家协会会员、苏州市作家协会会员，写作近40年，出版有《蛇岛》《沉到河底就能采到珍珠》等诗歌、散文、小说30多部，公开发表文章上千万字，其成就让人瞩目。

与君成悦老师中文科班出身，曾在北大深造，是当地作家协会会员，当过记者，做过编辑，才华横溢。一人带两娃，上班、写作、出书、授课，每天辛苦而又忙碌，是一位极其独立自强的励志宝妈。

在这里，我要特别说一下与君成悦老师。前不久她骑电动车摔跤，左手粉碎性骨折，多处擦伤，住院做了手术。住院期间，与君成悦老师忍着疼痛，用右手在手机上写文，每天写4000字，写了《我亲历的骨科100个小时》系列文章，很受读者欢迎。优秀的人，总是对自己特别狠，不得不让人佩服！

三位老师都是成绩卓著的人，我自然比不了，有好多学员，同时运营着公众号、百家号、头条号等，文章上了大号，有些成了签约作者，每月有不菲的稿费，并成了地方的作家协会会员。

我熟悉的雪梅姐姐和柳兮妹妹，是地方作家协会会员，文章写得很好，特别是柳兮妹妹，诗词功底深厚，擅长写古代才女传记，文字清新、婉约，才子佳人的爱情故事，动人心弦却又一波三折，字里行间流露着淡淡的忧伤。柳兮妹妹写得真挚细腻，引人入胜。

值得庆祝的是，通过多年的努力，柳兮妹妹写作水平不断提高，洒下的汗水有了收获，新书即将出版，祝贺柳兮妹妹！

看到这么多人取得了良好的成绩，我不禁有些惶恐，自己什么时候才能有点成绩呢？

我也想像她们一样，把公众号做起来，把头条号开通，可总觉得力不从心。自从2017年11月开始在简书上写作以来，就没有去打理公众号了，不知有没有被封锁，而且现在的公众号版面与以前大不相同，要排出美观的版面，还要下一番功夫。齐帆齐老师的公号文有助手排版，她只管写文，而我要自己动手，精力不够。

听文友介绍，头条号收益很好，有5000个"粉丝"就可开通广告，广告收入和流量收入，多诱人，前提是文章要写得好，能吸引读者。事情固然好，可自己的实力够吗？能写出高质量的文章吗？并且要不断更新，否则会被读者抛弃。

我目前的状况是：要上班，要读书，要练字，要写文，还要锻炼，自顾不暇，拒绝了闲聊和玩乐，一有时间就看手机，向大家学习，并搜集素材。

每天，时间都安排得满满的，如果再去打理公众号和头条号，更没有时间读书和写文，只能晚上熬夜来完成，但我的身体不允许。权衡一下，暂不考虑公众号和头条号，一心在简书写文，增加积累，提高写作水平。路只能一步一步走，心急是吃不了热豆腐的！

现在，首先要保证身体健康，坚持锻炼，坚持读书写文，我暂时做不到日更，争取每周写三四篇，等文章写得越来越顺，再考虑收益的事。

在一个团队中，大家互相鼓励，共同进步，这就是团队的力量。要成为什么样的人，就要跟什么样的人做朋友，榜样的力量是无穷的，只要自己努力坚持，跟上各位老师和朋友的步伐，相信，终有一天，我也能成为优秀的人。

不忘初心，方得始终，加油！

跟优秀的人同行，拥抱更广阔的世界

2019年8月1日，门卫师傅说我有一个快递。一看，是蒋坤元老师寄来的包裹。心里有点奇怪，蒋老师会寄什么东西给我呢？

回家打开一看，原来是蒋老师的两本新书《沉到河底就能采到珍珠》《四十才是青春》。蒋老师多忙啊，每天写那么多文章，打理公众号，和众多的文友交流，时间万般宝贵，还亲自给我寄书，真让我感动！

前几天，是齐帆齐老师跟我要的地址，说要送本书给我，没想到是蒋老师送的书。收到书，我自然是很高兴，向蒋老师表达了谢意。蒋老师回复了几个萌萌的表情。蒋老师总这么调皮又可爱，一下子就拉近了彼此的距离。

感恩相遇，感谢一路走来的鼓励和温暖！

2017年11月，我认识了齐帆齐老师，成为齐帆齐老师写作班的二期学员，学会在简书写作，进而认识了很多文友。大家煮字疗饥，抱团取暖。

2018年6月，齐帆齐老师、蒋坤元老师、与君成悦老师共同创建了齐悦梦想社群。开群仪式上，许多素不相识的朋友欢聚一堂。从此，文字联结起了你、我、他。大家互相支持、互相鼓励，社群成了我们温暖的家。

文友们一起跟着齐帆齐老师学写作,根据社群的要求交作业,把写好的文章发群里,文友一起品读点评,在这种良好的学习氛围中,大家都不甘落后,你追我赶,有的成为日更达人,有的成了签约作者,她们都是值得我学习的人。

　　写作两年来,我收获了很多。

　　首先,是认识了优秀的老师,齐帆齐老师、蒋坤元老师、与君成悦老师。老师们不仅文章写得好,清新、朴实又接地气,正能量满满,最重要的是,老师们本身就是极其励志的人,是我人生路上的楷模和标兵,时时激励着我不断前进,努力实现自己的人生梦想。

　　其次,通过老师,认识了更多优秀的人。荔枝微课上,齐帆齐老师邀请了多位颇有实力的写作者来分享自己写作的方法、心得和经历,让我们看到别人绚丽多姿的人生,他们因为文字而出彩,活成了不一样的风景。

　　最后,通过老师和朋友们的文章,让我们认识了知名作家和牛人大咖。通过风想留步,认识了作家王恒绩老师,他创作了一篇5800字的小说《疯娘》,被评为全国"敬老好文章",荣获一等奖,王恒绩凭这篇文章,走进了人民大会堂,走进了我们终生向往的地方。

　　通过齐帆齐老师,认识了"内心很帅在巴黎"刘胜老师,刘胜老师交友广泛,上到总统马克龙,下到巴黎地铁站的叙利亚乞丐,风想留步和齐帆齐老师也是刘胜老师的朋友。有缘的人总会相遇,相同磁场的人总会相吸,因为他们身上充满了正能量。

　　跟牛人大咖做朋友,就如同站在高山顶上,看到不一样的风景,拥有不一样的情怀,然后,你就有了更高的眼界,有了更大的格局,有了更多的智慧,有了更深的思考。你就会跳出狭小的圈子,去拥抱更广阔的世界。你的人生,从此与众不同!

　　感谢老师,感谢文字,让我认识雪梅姐姐和柳兮妹妹。她们都是温暖善良的人，虽然没有见过面，却仿佛是认识了多年的朋友，在文字中惺惺相惜，读她们的文字，不知不觉就湿了眼眶，我能感同身受。她们历经磨难，却如同风雪中的红梅，傲然挺立，一身馨香。

村上春树说："那些艰难时刻，都在日后开花结果！"曾经有过黯淡，但双眸依然闪光；曾经有过凌乱，但一路奔跑成长，这就是人生最好的铭记。那些打不倒我们的，终将使我们更强大。

文字，疗愈了我的心灵，让我的人生丰盈而充实，让我更坚定、更自信、更强大；文字让我看到更高远的天空，看到更美丽的风景；让我体会生命的欢愉，让自己的心灵开出一朵芬芳的花！

感谢蒋坤元老师和齐帆齐老师，感谢你们的支持和鼓励，我会一直跟随你们，坚定不移地走下去。相信未来，我也能成就不一样的人生，活成自己喜欢的模样！

文字路上一路相随，感恩遇见

2020年4月6日，收到蒋老师和雪梅姐寄来的新书，特别开心！

蒋老师给我寄的是他刚出版的新书《我就是那一只墙外的苹果》《水车转啊转》，蒋老师还在扉页上签了名，可见蒋老师的一片真心。

雪梅姐给我寄的是作家杨华的作品《不似天涯，是吾乡》，杨华在扉页上给我留言："生命的意义是如此厚重，无论我们怎么样全力以赴都不为过。"对一个陌生人给予这样的鼓励，让我感动。

我不认识杨华，从雪梅姐的文字中了解到她是一位美女作家。雪梅姐牵线，我又认识了一位写作路上的优秀老师。

感谢文字，让我认识了蒋老师和雪梅姐。他们都是特别好的人，跟他们在一起如沐春风，可惜我一直没有和他们见过面，倍感遗憾！

有缘千里来相会，齐帆齐老师的几次线下见面会和蒋老师的新书发布会，很多文友都参加了，真切地感受到了蒋老师和雪梅姐的真诚友好。

因路途遥远，加之工作的原因，我没能去参加，本想着那年有见面的机会，我一定想办法去参加，没想到发生了疫情，心愿又落空了。

尽管从未见过面，尽管远隔千里，蒋老师在苏州，雪梅姐在上海，但他们一直记挂着我，给我寄来了新书，我既高兴又有些愧疚。

自从2018年5月认识蒋老师以来，蒋老师给我打赏，给我点赞，把我的文章刊登在他的公众号上，还给我寄了《四十才是青春》《沉到河底就能采到珍珠》，这既是对我的支持，也是对我的鼓励！

每当我信心不足、颓废的时候，就想到蒋老师辛勤耕耘40年，无论怎样的艰难，都不曾放下手中的笔。如今，蒋老师出版作品30多部，创业成功，是中国散文学会会员、江苏省作家协会会员、苏州市作家协会会员，是苏州知名的企业家和慈善家，是简书尊享会员和合伙人，得到许许多多写作者的尊崇和喜爱。

2018年下半年和2019年上半年，我一直在简书上写文，和蒋老师经常互动，蒋老师是和我互动最多的人。2019年七八月份，因发生了锁文、恶踩和整顿事件，打击了很多人的积极性，我也受了影响，文章写得少了。

2019年9月，我跟随齐帆齐老师入驻今日头条，每天只能写写微头条，文章写得少了，因而在简书上发布的文章就少了，和蒋老师的互动也少了。

蒋老师一如既往地在简书上日更不辍，每天写几千字，打理着几个公众号，还要和"粉丝"互动，非常繁忙。而蒋老师在百忙之中，却没有忘记我，又一次给我寄书，我真是非常愧疚，只有坚持写下去，才能不辜负蒋老师的关心和厚爱！

雪梅姐经历坎坷，历经风雨和磨难，她依然保持着善良和热忱，对身边的每一个人都非常好。好人终有好报，现在雪梅姐退休了，两个女儿有了好的归宿，定居在上海，每天含饴弄孙，享受天伦之乐。

我佩服雪梅姐乐观、积极和努力向上的精神。她一手带娃，一手写文，一手柴米油盐，一手诗意远方，既把家庭打理得井井有条，又写出了许多优美的文章，在当地报刊发表，多次参加征文获奖。如今，雪梅姐的新书正在改编中，祝雪梅姐的新书早日出版。

跟优秀的人做朋友，自己也不会太落后，因为有学习的榜样，会时刻激励自己，鞭策自己，写文的路上不会一帆风顺，有抓破头皮都写不出来的焦虑，有不被家人理解的困扰，有放弃一切玩乐的孤寂，但自己认定的路，咬着牙也要走下去！

蹚过湍急的河，走过黑暗的夜，光明就在前方！洒下的汗水和泪水，不会辜负每一个辛勤耕耘的人，相信，坚持，坚持、再坚持，一定会收获属于自己的繁花！

再次感谢蒋老师和雪梅姐，感恩遇见，感恩同行，期盼有一天和你们相见，再表深深情谊！

原来，我可以

至 2020 年，我认识齐帆齐老师三年多，是她写作培训班的二期学员。三年来，我一直跟随齐帆齐老师学习写作，认识了很多优秀的老师和朋友，我也成了齐帆齐老师的长期学员，可以听她所有的课程。

齐帆齐老师的写作课，除了她授课，还请了其他老师来讲课。2021 年 1 月 5 日，请了潇湘清尘老师做点评，我 2020 年的小结《回首，万民皆苦泪中含笑，展望，不忘初心勇往直前》是点评文章之一。

潇湘清尘老师，是一位小美女，才 20 多岁就小有成就。她是中国诗歌学会会员、河南省青少年作家协会会员、金华市作协和网络作协会员、今日头条《青云计划》和爆文获奖者、浙江古琴艺术专业委员会会员。

潇湘清尘擅长古琴，像一位不染俗世烟火的仙子，读者赞叹她的文章"如梅一样孤芳傲洁，看后令人回味上瘾"。

潇湘清尘已出版故事合集《精怪物语》，散文集《时光染红了流年》、长篇古言小说《明朝有意抱琴来》和诗歌赏析集《诗经·国风》等多部作品正在筹备出版中。曾经受邀去大学和马云创办的云谷初中为学生开设故事创作讲座，好评如潮！

潇湘清尘老师一一点评了四篇文章，对每一篇文章的优点，给予了充分肯定，给作者指明了提升的方向。我的文章是第五篇，放在最后点评。

这篇文章我觉得很温暖。作者的文笔很流畅，行文隽永，并且是她自己内心的独白，我读了很感动。

因为我能感觉到作者在创作时的那种情绪。我想作者在写这篇文章的时候，内心深处一定有很多种情绪在不停地交织着。

所以说，看上去这是一篇年度总结，但我觉得，它也是作者这一年人生经历的一个复盘。她把所有的经历和情绪，把所有值得记录的瞬间，通通化入笔下。

从这篇文章上来看，我觉得这位作者并不是一个初级的写作者，应该还是有一些写作经历和经验的，因为作者的文字非常流畅，文中也有很多细节的刻画，非常好。

所以我建议作者可以去尝试写故事小说，去拓展其他的写作领域，去直接对标自己欣赏的优秀的文章，然后模仿再创新，慢慢写出自己的风格，继续加油。

培训班班委宝丹把我的文章选为点评文章，刚开始我是忐忑的，怕自己的文章上不了台面，有些不好意思。

后来，我想了想，就放松了，让老师点评一下，才知道自己存在的不足，有针对性地去改进和提高，才能得到更大的进步。

没想到，潇湘清尘老师给予我这么高的评价，一时间，我热泪盈眶，心潮激荡。

过去的一年，是多么的艰辛！生死存亡，山河呜咽，苦难深重，泣血悲鸣！

感谢祖国，感谢人民，在祖国和千万抗疫勇士的浴血奋战下，全国人民走过了苦难，走过了艰辛，亿万家庭躲过了病魔的侵袭，活着，真好！

感谢亲人，全家和和睦睦，每天团聚一起，吃着嫂子做的饭菜，无比香甜，无比开心。

感谢自己，虽然身体不佳，却从不颓废，努力工作，坚持锻炼，积极向上，和病痛作坚决的斗争，向心中的目标不断迈进。

父母老了，疾病缠身，看到他们被疼痛折磨，我心痛得流泪，唯一能做的，就是常回家看看，多多陪伴，让他们高兴和安心。父母，是女儿心中永远的幸福和港湾，愿我们的父母远离疾病，健康长寿！

2020年，万民皆苦，万事艰难，可我们，挺过去了，走过来了。明天，不管如何，我们要永怀阳光，心存希望，不畏艰险，奋力向前！

感谢潇湘清尘老师，您的鼓励和肯定，是我坚持下去的强大力量，真情会流淌出最美的文字，毅力会谱写出最好的文章。您给我指明了努力的方向，坚持不放弃，原来，我可以！

我盼望，有那么一天

2021年7月3日，接到齐帆齐老师的邀请，邀请我参加7月7日至10日徽州黄山游学。齐帆齐老师发来了部分参会人员名单，一看，有些震惊，都是些牛人大咖。

大萌，少数民族青年作家、旅行策划师、公益摄影师，《牛友果星球》创始人，《56种外婆的味道》发起人，出版书籍《一眼忘不掉的陌生人》《信仰》《你期待的远方，都在向你走来》。

刘智宽，华译语联董事长，智宽商学院院长，智宽私董会创始人，教育部翻译硕士专业学位评估（行业）专家，天津市国际发展研究院研究员，天津市大学生优秀创业导师，南开大学、天津大学等20所高校翻译硕士专业学位校外导师。

Peter，商业顾问、Peter私董会发起人、PRS商业系统创始人、北京科技大学创新创业导师。

一格iger，文艺类品牌商业顾问、品牌形象顾问，已出版《给你一个大抱抱》，一格学院创始人，拥有百万营收级别绘画课程，头条艺术类Mcn负责人，在线创富导师联盟创始人。

……

能参加这样的聚会，面对面向优秀的人学习，多么荣幸！可惜，由于我工作繁忙，参加不了，倍感遗憾。

齐帆齐老师再三邀请，说想跟我好好聊聊，写一写我的故事。齐帆齐老师的人物稿写得特别好，她的第一本实体书《追梦路上，让灵魂发光》，全部都是人物稿，写出了一群平凡人，通过自己的不懈努力，最终逆风飞扬，走出一条不平凡的路，活出自己的风采和绚丽。

曾经，齐帆齐老师也向我说过，想写一篇关于我的文章，可我觉得自己没什么值得写的，就谢绝了。我想，等我将来有一点成绩，再请齐帆齐老师为我写文。

所以，我要努力，努力成为更好的人！

结交优秀的人，拓展自己的人脉，向他们学习，是我们跨入更高圈层，不断提升自我的最佳途径。

可我的工作，非常繁重，人少事多，一天都不敢耽搁，真是无奈！

我相信，有缘的人，终会相逢，错过了这一次机会，还有下一次机会。

文字，让我和喜欢文字的人相识：花样年华老师、齐帆齐老师、蒋坤元老师、与君成悦老师、沉香红老师、柳兮、雪梅、茶诗花、潇湘清尘、风想留步、米芷萍、一紫、一格、一河漪沫、小隐、玉琼千里目……

花样年华，作家、新媒体人、专栏作者、纪实作者，代表作《多少家长正在杀死负责任的老师》，全网阅读超2亿，已出版纪实文集《花样年华》。

齐帆齐，安徽省作协会员、中国散文学会会员、中国网络作协成员、畅销书作家、写作讲师、多平台签约作者，已出版《追梦路上，让灵魂发光》《遇见梦想，遇见花开》。

蒋坤元，江苏省作协会员、中国散文学会会员、简书写作大咖，苏州著名的企业家和慈善家，已出版《沉到河底就能采到珍珠》《我就是那一只墙外的苹果》《四十才是青春》等38部著作。

与君成悦，作家、编剧、作协会员、多平台签约作者、写作讲师、思维导图讲师、品牌策划人。

沉香红，陕西省作协会员、中国散文学会会员、《大众文化休闲杂志》执行主编、陕西西咸新区作协文学院副院长，被称为"陕西三毛"，已出版书籍《苍凉了绿》《做自己的豪门》《你配得上更好的幸福》。

茶诗花，河南省作协会员、中国散文学会会员、美文公众号"安般兰若"签约作者，多篇文章被"人民日报""洞见""十点读书""有书"等千万大号转载，已出版美文集《在最深的红尘里相逢》。

柳兮，苏州市作协会员、中国散文学会会员、湖南省网络作协会员、时刻中文网江苏分站站长。多篇文章发表在《中国审计报》《自学考试报》《劳动午报》《现代家庭报》《知识窗》《南京日报》《金陵晚报》《人民代表报》等。已出版散文集《阳光暖暖，流年珊珊》，第二本书《愿你所得，皆为所期》即将发行。

潇湘清尘，中国诗歌学会会员、河南省青少年作家协会会员、金华市作协和网络作协会员、今日头条《青云计划》和爆文获奖者、浙江古琴艺术专业委员会会员。已出版故事合集《精怪物语》、散文集《时光染红了流年》、长篇古言小说《明朝有意抱琴来》和诗歌赏析集《诗经·国风》。

……

有缘的人，在文字中欣喜相逢！

相识三年来，在老师和文友的指导支持下，我和大家抱团取暖，共同进步，很多文友都出了书，她们是我学习的榜样。只有不断学习，不断提高写作水平，才能跟上她们的脚步。

想成为什么人，就跟什么人做朋友！

想结交优秀的人，自己先成为优秀的人，同频的人，才能同行，你发出什么能量，就能吸引什么样的人。

齐帆齐老师，从一个贫苦的打工妹成为畅销书作家、写作导师，靠的是自己坚持不懈，克服种种困难，拼命读书写作，努力向上生长，成为"励志女神"，激励了千千万万的人。

齐帆齐老师用自己的作品和人格魅力，吸引了一大批热爱文字的人。

齐帆齐老师的著作《追梦路上，让灵魂发光》，写的就是上述文友的故事和她自己的故事。他们的故事，打动人心；他们的人生，光芒闪耀。

他们，出身平凡，不屈服于命运的安排，和命运不懈的斗争，通过奋力拼搏，破茧成蝶，让自己的人生，在平凡中闪光。

他们，是我生命中的贵人，他们给我作出了榜样，给我指引了方向，他们激励着我，给我信心和力量！

韩寒说："一个人能走多远，要看他有谁同行；一个人有多优秀，要看他有谁指点；一个人有多成功，要看他与谁相伴。"

古人云："与凤凰同飞，必是俊鸟；与虎狼同行，必是猛兽！"

与勤奋的人同行，不会消极颓废；与自律的人一起，永远激情荡漾；与积极的人相伴，生活充满阳光。

相信，跟优秀的人同行，我也会成为更好的自己！

我期盼，将来有一天，能跟亲爱的老师朋友们见面，欢歌笑语，诗酒茶花！

写作，疗愈伤痛，成就自我

这几年，我坚持写作。为什么要写作，写作有什么好处？

写作，让我学到更多知识，看到更广阔的天地，认识更多优秀的人，最重要的是，写作疗愈了自我，让我走出伤痛，变得自信和强大，更加坦然地面对命运馈赠的一切，坚定而从容，风雨人生，自己为自己打伞。

一、写作，疗愈身心

人生，充满坎坷、挫折、痛苦、烦恼、失落，不如意的事十之八九，心灵，坠落在最低的山谷，怎样解脱？

百般煎熬，无人能感同身受；万般苦痛，又有谁为你分担？人生的至暗时刻，只有咬着牙，流着泪，一步一步向前走，走出泥泞，总有柳暗花明的一天。

人生中，我经历了几次刻骨铭心的伤痛，日夜哭泣，痛不欲生，几近抑郁，不谙世事的我，被生活狠狠敲打，遍体鳞伤。

父亲对我们管教非常严厉，从小对我们的教育，都是正面的，要诚实、厚道、善良……他很少告诉我们这个社会的阴暗和丑恶。这样的家教，让我们兄妹胆小怕事、憨厚老实。

单纯的我走上社会，如白纸一张，怎知社会的复杂和人心的险恶，不懂得保护自己，以为别人跟自己一样，不存坏心，到头来，被别人恶毒伤害！

那些流血流泪、伤心绝望的日子里，谁是你最信任的人？没有别人，只有自己！

多少个夜晚，泪湿枕巾，无法入眠。所有的痛苦和伤心，只能倾注在笔下，泪水伴着文字，无尽流淌。那些疼痛、屈辱、悲愤，如洪水般倾泻，冲出千疮百孔的心房，惊涛骇浪，泥沙俱下，奔向远方。

文字，是我最好的朋友，她不会讽刺，不会嘲笑，默默陪伴，承纳我所有的坏情绪。

我在文字里哭，在文字里挣扎，在文字中蜕变，在文字中坚强。

那黑暗的人生之路，我走了几年，通过跳舞，通过文字，疗愈了身心，慢慢走出了伤痛。那些过往，结成一道坚硬的疤，回首，泛出冷冷的光。

那些受伤的地方，会变成我最强壮的地方！

生活，让我看清人情冷暖、世态炎凉；磨难，让我披上坚固铠甲，抵抗世间的剑雨风霜。

不管经受多少的伤害和薄凉，我依旧善良，珍惜亲情，孝顺父母，经常给患病的人捐款。但是，我的善良有着底线，带着锋芒，只对值得的人好，对那些丑恶的坏人，我的善良长着牙齿，对坏人善良，就是对好人的残害！

一个真正的好人，是明辨是非、公道正直、惩恶扬善，而不是事事忍让、委曲求全，你的懦弱换不来尊重，只会让别人得寸进尺，变本加厉。

我始终相信，人在做，天在看，万事有因果，天道有轮回，做坏事的人，一定会得报应的！

总有一缕光，照亮前行的路，在文字中修行，在磨砺中强大，如今，我坚定从容，面对世间的一切风雨。

泰戈尔说："你今天受的苦，吃的亏，担的责，扛的罪，忍的痛，到最后都会变成光，照亮你前行的路。"

二、读书，丰盈自我

从小，我就喜欢看书，看课本，看课外书，经常看得入迷，忘记了周围的一切。

小时候，最盼望新华书店的一个叔叔，用自行车带着一大捆书来到我们学校。看到他，小孩子们欢呼雀跃，把他围得水泄不通，用省下的钱买一本连环画，买到的人喜笑颜开，没钱买的人满是失落。一本小人书，对当时物质贫乏的我们来说，实属奢侈品。

喜欢看书，千方百计找书看，把家里的书都翻个遍，姐姐借来的小说，也偷偷摸摸地看。记得小学时，第一次看金庸的武侠小说，那奇异的世界，看得我痴痴迷迷，无法自拔，砖头厚的书，很快就看完了。

曾经看过什么书，我大多不记得了，但我相信，那些文字，已融入我的生命，长成了我的骨肉。

爱好读书，在学校里，我始终是好学生。走上社会，因工作繁忙，各种挫折不如意，有很长一段时间，陷入颓废的泥沼，思想苦闷，烦闷忧郁。

生活，无聊至极，死水一潭！

不能再消沉下去了，怎么办？只有读书，才能拯救自己于水火之中。

于是，我去新华书店买书。刚开始，买了心灵鸡汤类，喝上几碗鸡汤，希望能从中获得快乐的源泉，鸡汤美味，也有一定的营养，让心灵不那么空虚。

后来，又买了些人际交往、演讲口才、文史方面的书，还有所谓的畅销书。那些书良莠不齐，有些看了几页便看不下去了。

最终明白，读书要有收获，还得读好书，我买了《红楼梦》《西游记》《水浒传》《三国演义》四大名著，还有《莫言精品集》《平凡的世界》《穆斯林的葬礼》《白鹿原》《主角》等获得诺贝尔文学奖、茅盾文学奖的作品。

文字，如涓涓细流，浇灌我贫瘠的心田；像一盏明灯，照亮我灰暗的心房；似三月春风，唤醒我沉睡的梦想；若海上灯塔，指引我前进的方向！

臧克家说："读过一本好书，像交了一个益友。"

余秋雨说："读书是摆脱平庸的最好办法。"

杨绛说："读书不是为了拿文凭或者发财，而是成为一个有温度、懂情趣、会思考的人。"

如梦初醒，豁然开朗，希望的种子已生根发芽，那是深植于心底对文字的喜欢和热爱，只有文字，才能让我走出痛苦和迷茫，文字，是我永远的老师和朋友！

从书中，我看到大千世界，芸芸众生；看到古今天下，金戈铁马；看到波澜壮阔，气势磅礴；看到羽扇纶巾，英雄豪杰；看到义薄云天，光明磊落；看到奸诈狡猾，卑鄙无耻；看到情深义重，天长地久；看到不畏强暴，出尘不染；看到一身正气，顶天立地……

文字，把古今先贤名士的智慧和精华传授给你，你可以穿越时空和他们对话，领略他们思想的深邃和人性的洞察。

文字，让我看到无比广阔的世界，足不出户知天下；文字，让我领略各地旖旎秀美的景色，无限风光在心中；文字，让我经历别人迥然不同的人生，体验万般疾苦，众生皆苦，一切释然；文字，让我懂得苍茫天地间，人不过是沧海一粟，明白自身的渺小，既不敢睥睨天下，又不致妄自菲薄；文字，让我在历经伤痛和薄凉后依然相信温暖、相信爱，微笑向暖，传递善意。

毕淑敏说:"书不是胭脂,却会使女人心颜常驻;书不是棍棒,却会使女人铿锵有力;书不是羽毛,却会使女人飞翔;书不是万能,却会使女人千变万化。"

腹有诗书气自华,我将以读书写作为终生事业,用文字丰盈自己的灵魂和生命,努力活成最美的模样!

三、写作,遇见优秀的人

不甘平庸,也为心中的一个梦想,十多年,我一直默默写作,学习知识,增加积累。

2017年6月,我从微信公众号认识了花样年华老师,买了她的新书《花样年华》。通过花样年华老师,认识了齐帆齐老师。10月,参加了齐帆齐老师的二期写作培训班,是她的早期学员之一,如今,已跟随老师学习写作四年多,成为她的长期写作班成员。

齐帆齐老师,我已在多篇文章中写过她的故事。她从一个贫困的打工妹成长为写作讲师,带领千千万万的人学习写作,并实现财富变现。齐帆齐老师在困境中自律自强,和命运作不屈的斗争,华丽变身,逆袭飞扬,被称为"励志女神",成绩斐然。

如今,齐帆齐老师是安徽省作家协会会员、中国散文学会会员,并成功创办了齐帆齐商学院,拥有今日头条和百家号的三大MCN内容矩阵,曾为京东、阿里巴巴、菜鸟、老乡鸡等多家知名品牌做过内容营销。

参加齐帆齐老师的写作社群,我认识了很多喜欢写作的老师和朋友。他们每个人都非常努力和自律。有了优秀的老师和朋友做榜样,我坚定信心,不管遇到怎样的困难,都要坚持写下去。

这些老师中,蒋坤元老师的精神值得我永远学习!

近两年，蒋坤元老师出版了《沉到河底就能采到珍珠》《蛇岛》《我就是那一只墙外的苹果》《水车转啊转》《四十才是青春》等著作，蒋老师是一位多产作家，人人钦佩。

茶诗花（周晓丹）出版了《在最深的红尘里相逢》，柳兮（徐宏敏）出版了《阳光暖暖，流年珊珊》，风想留步（吴瑕）出版了《销售电缆，我的人生转了一个美丽的弯》，冬日茉莉（唐士莉）出版了《茉莉的邂逅》，潇湘清尘（王杭丽）出版了《诗经·国风》，祝贺她们，实现了梦想。

老师和朋友的书，我都购买收藏，他们也给我送了很多书，感恩相遇，一路同行，遇见花开。

席慕蓉说："每一朵花，只能开一次，只能享受一个季节热烈的或者温柔的生命。"

为了这一季花开，为了不辜负自己，我会风雨兼程，义无反顾！

写作最大的收获，就是认识了一群优秀的人，跟优秀的人在一起，自己也不会太落后。

文字给我打开了一扇通往远方的大门，文字给我展现出一幅美丽如诗的画卷，文字给我的梦想插上腾飞的翅膀，文字让我结识了更多优秀的朋友，文字让我成为更好的自己。

时光流逝，青春易老，只有文字，永远鲜活，记录着我生命的足迹。无论酸甜苦辣、喜怒哀乐，这个世界，我来过！

文字，丰盈生命，承载梦想，通过不懈努力，希望有一天，我也能收获属于自己的快乐和丰硕！

梦想，还是要有，万一，实现了呢？

第二章　自律,是女人最美的模样

余生，我只想为自己活一回

不知不觉间，已经过了半辈子。为了生活，每天忙忙碌碌，却一事无成，虽外表光鲜，但内心却时常烦闷。半辈子被生活挟裹着一路前行，身不由己，想一想，这半辈子并没有为自己而活，不禁有些悲伤。

人生短暂，还有多少时间可供我虚度呢？来世上走一遭，不求大富大贵，但求无愧我心；不求功成名就，只愿依心而为。余生，我只想为自己活一回。

人活着，都希望过得幸福和开心。我想要的幸福是：做自己喜欢的事，过自己想要的生活，活成自己喜欢的模样，身心自由，不必谄媚，无须将就。

过去的时光，无论怎样的烦恼苦痛，都一去不复返了。从现在起，要面向太阳，微笑向暖，快乐度过每一天。

一直以来，我的心里，有很多的梦想。过去，由于工作繁忙，我不得不把它们藏在心底，是它们激励着我，无论在怎样的困境中，都要心存希望，因为，我还有梦在激情昂扬。现在，我要努力去实现梦想，无悔自己的人生！

我想跳舞、练瑜伽、练模特、练书法、学画画、看书、写作、旅游……做自己喜欢的事，想想都无比开心！

时光流逝，我的心永远年轻！

有一次，当我说出这些心愿时，一个男人竟然说："你真是个不安分的女人，女人嘛，嫁鸡随鸡，嫁狗随狗，领娃娃做家务才是本分！"

我的天，都什么年代了，还"嫁鸡随鸡，嫁狗随狗"，封建社会的陈词滥调！我就是不安分，我就是要做喜欢的事，我就是要为自己活，不如此，人生有什么意义呢？

也许，有些女人会拴在男人身上，每天围着厨房老公和孩子转，业余时间打打扑克，玩玩麻将，闲聊八卦。那是别人，不是我，我不愿过这样的生活。

如果，我每天像个老妈子，除了做家务，追电视剧，没有一点兴趣爱好，整天东家长西家短，不修边幅，身材臃肿，满脸晦暗，不用别人嫌弃，我自己都要嫌弃自己。

庆幸的是，在尘世烟火的熏染下，我没有成为一个世俗油腻的大妈，依然年轻漂亮，和读大四的女儿在一起，看起来像姐妹，这是我值得骄傲的地方。

我永远都不会是肥腻的大妈，即便老了，也是气质不凡，优雅从容，这是我的心愿，我一定会做到。

泰戈尔说："我们的生活是积极向上的，是热情洋溢的，我们的内心对生活的热望是强烈而持久的，因为我们明白相聚是短暂的，生命是暂时的，谁都不可能永生！"

人生如此短暂，更不可能永生，所有的功名利禄，不一定换来幸福和快乐。离开这个世界的时候，我并不能带走半分。什么争名夺利、钩心斗角，我无比厌倦，只想远离！

余生，不再苟且，绝不违心而活！

从此，我只为自己而活，不必低三下四，不必仰人鼻息，不想得到，就无须费心，在心田修篱种菊，满园的春色自是无比的芳香怡人。

　　从此，我只为自己而活，不管经历了怎样的伤痛和薄凉，我依然善良，传递爱心和温暖，为一朵小花怒放而欣喜，为一条小狗流浪而悲伤，柔软的心会奉献出爱。

　　从此，我只为自己而活，做最本真的自己，空谷幽兰，傲雪寒梅，两三知己，不离不弃，情投意合结厚谊，高山流水遇知音，惺惺相惜，深情守望。

　　从此，我只为自己而活，爱想爱的人，说想说的话，一片真心，只给予爱我的人和我爱的人。让爱，成为一生幸福的港湾。

　　从此，我只为自己而活，舞动青春，舞姿曼妙，做灵动的舞者，永远轻舞飞扬，绽放生命的光彩，活成最美的模样。

　　从此，我只为自己而活，看书写作，书香熏染，唇齿含香，唐诗宋词、名篇佳作，温润我的心田，馨香我的脑海，一片馥郁和芬芳。

　　从此，我只为自己而活，读书旅游，身体和灵魂总是在路上，看天下秀美的风景，品世间壮丽的诗篇，交四海至诚的朋友，抒人间最美的情怀。

　　从此，我只为自己而活，追随齐悦梦想社群，让理想插上腾飞的翅膀，在更宽广更美丽的世界翱翔，拥抱美好的明天，成就更好的未来。

　　从此，我只为自己而活！

活得漂亮

2018年6月17日，一个值得高兴的日子，我姐姐的"斗艳沙龙"成立了，同时，还成立了"解语花模特队"。

四季风姿此时同，三才斗艳我做东。

成立仪式上，开展了丰富多彩的活动，有旗袍秀、时装秀、瑜伽、太极等表演，表演者大多是奶奶级的人，可她们那么美，那么有精气神，不禁让人赞叹。

美，不是年轻人的专利，中老年人，也可美得出众，活得漂亮！

"斗艳沙龙"是集专业辅导、休闲、健身、娱乐为一体，以丰富中老年女性业余生活为宗旨的非营利性民间组织。

同时，为了培养健康爱好，提升女性的气质，"斗艳沙龙"组建了"解语花模特队"，免费报名、免费提供专业辅导，辅导结束可组织汇报演出、比赛等活动，由我侄女担任辅导老师，她曾经是职业模特。

奶奶们穿着美丽的旗袍，在T台上向人们展示着迷人的风采。

穿旗袍的女人，有着高贵不凡的气质和从容淡定的风度，有着优雅的仪态和良好的修养，清新脱俗，柔美多姿。

看，T 台上走来了两个奶奶，左边是 70 岁的奶奶，穿着红色的短裙，笑容灿烂，神采飞扬。右边是我 50 岁的姐姐，穿红色长裙，步态优雅，端庄大方。气质，让她们看不出年龄。

霓裳羽衣，灿如红霞，眉眼含笑，风情万千，做这样美的奶奶，谁不喜欢？

奶奶们排着长队，在 T 台上依次造型，一颦一笑，举手投足，尽显女人的典雅和风华，似百合绽放，似风摆杨柳，馨香点点，岁月悠扬，妖娆不显轻浅，妩媚不乏优雅，婀娜不失内涵……着一身端庄婉约，回眸一笑百媚生。

活得这样的美，你也可以做到！

在中国就有一位 70 岁的奶奶成为选美冠军，不得不说她的气质堪比国际超模，她叫韩彬。

2017 年 1 月 12 日，经过晚礼服表演、个性服装、旗袍展示、镜前造型等环节的比拼，韩彬被评为世界旅游小姐大赛金色使者中国总决赛冠军。

2017 年 2 月，韩彬又被知名设计师点名邀请参加纽约国际时装周，作为开场模特登上秀场。

韩彬正好应了一句话："优雅端庄中国风，内外兼修乃天成。人生之书各人写，七旬老人展妙龄。"她赢的不光是外在的光鲜，最重要的是内在的涵养。

其实韩彬并非专业模特出身，只是一名普通的北京奶奶，年轻时在北京象牙雕刻厂工作，专攻仕女，兼修花卉。参加选美比赛她并没有想到会拿名次，最初连服装都是借的，但不管穿什么，都优雅大气，惊艳全场。

她并没有倾国倾城的容貌，但是却能保持良好的心态。变老是每个人都会经历的事情，主要是能时时刻刻保持好心态，就算再老也能做一名时髦的老人。

还有一位"神仙奶奶"盛瑞玲，今年88岁了，她怒减30斤成为高龄模特，在88岁活成了18岁的模样。

她曾经严重发福，身材臃肿，并且患了糖尿病。70岁的时候开始暴走减肥，减肥成功后脱胎换骨般变了一个人，血糖也恢复正常。80岁开始当模特，每次出门都会化着精致的妆容，可以说是很优雅地老去了。

盛瑞玲说："人生没有太晚的开始。"别人的80多岁，逐渐衰老，江河日下，她却惊人地逆生长：

十几年前进入完全不熟悉的广告行业，成为高龄模特，从此一发不可收，至今，已经有了400多部作品。

坚持锻炼，练形体，学化妆，看时尚，跟潮流，每天学习，内外兼修。

爱时装、爱"臭美"，出门前一定要换上得体的衣服，化个精致的妆。

计算机上网、手机微信样样精通，抢起红包来比谁都厉害。

游泳、打球、跳舞、唱K，来者不拒，嗨起来比年轻人还疯。

又是一年过去，有的人老了一岁，而有的人，却更年轻了。

这个世界，有人平庸，有人却在发着光，不是因为她天生如此，而是她拼命努力，活成了人人艳羡的模样。

这个世界上，有太晚的事吗？栽一棵树，最好的时间是十年前，其次是现在。

人生没有来不及的开始，只有不美丽的当下。

美丽不仅是外表，更是一种人生态度。你可以选择邋遢放松，也可以选择精致利落；你可以骂骂咧咧地抱怨生活，也可以安静从容地享受生活。

　　时尚跟美从来无关乎年龄。俗话说得好：没有丑女人，只有懒女人。在这个世界上也有从来都不畏惧岁月、光芒闪耀的女人。

　　岁月从不败美人，新的一年，愿你更加年轻，更加美丽！

努力，为更有底气和尊严地活

我，一个 45 岁的中年女人，还努力什么？

说起努力，有些人可能不理解。在县城这种小地方，每天上上班，下班后吃吃玩玩，看看电视，聊聊天，多自在。特别是我居住在这个以休闲出名的巍山古城，养老的好地方，人们在街边小店里悠闲地喝茶打牌，使很多快节奏的城市人羡慕得不得了。

悠哉悠哉的生活，还努力个啥呢？

有一百个理由无须努力，但有一百零一个理由必须努力！

因为，我要给女儿作榜样，言传身教，而不是自己吃喝玩乐、打牌闲聊，每天训话，要孩子努力上进，孩子一肚子的不服气。

因为，我不愿过一眼看到头的生活，单调乏味、毫无乐趣、烦闷不堪。

因为，我不愿安于现状，温水煮青蛙，变成一个世俗油腻的大妈。

因为，我不愿一直被生活挟裹而行，做了生活的奴隶，没有了自由和向往。

因为，我不愿庸庸碌碌一辈子，到离开人世的时候，后悔莫及，白活一生。

因为，我想有尊严、有底气的活着，对不喜欢的人和事，可以大声说"不"。

奥斯特洛夫斯基说："人最宝贵的东西是生命，生命属于人只有一次，人的一生应当这样度过，当他回首往事的时候，他不因虚度年华而悔恨，也不因碌碌无为而羞愧。"

生命只有一次，我不想辜负。

我不想只留给女儿房子、车子和钱，要让她懂得努力和奋斗的意义，因为人活着，不仅仅是活着，吃饱穿暖，要活得幸福快乐，更要活得有价值。

著名作家龙应台在写给她儿子的信里说："孩子，我要求你读书用功，不是因为我要你跟别人比成绩，而是因为，我希望你将来会拥有选择的权利。选择有意义、有时间的工作，而不是被迫谋生。当你的工作在你心中有意义，你就有成就感。当你的工作给你时间，不剥夺你的生活，你就有尊严。成就感和尊严，带给你快乐。"

我们中的绝大部分人，都是被迫谋生的，没有选择，不可以选择，因为没有底气！

没有底气，就只能忍气吞声、忍辱负重，什么都得忍，忍到没有人格和尊严。

前几天到昆明，看到亲戚的女儿，才30岁出头，当上了集团公司的项目经理，年薪百万，羡慕不已。当我们知道了她的故事，更加的震惊和佩服。

小姑娘上大学的时候，因家庭条件不是太好，一边读书一边勤工俭学，靠半工半读读完了大学。上学期间，通过努力学习，获得了一堆的奖状和各种证书。毕业后进入昆明一家房地产公司，现已发展成为集团公司。

工作 10 年，小姑娘当上了项目经理，拿到了让人羡慕的薪酬，但是，哪有什么无须努力的光鲜，高薪背后一定是辛苦的工作。我们去的时候是周六，小姑娘还在工地上加班，后面回来，陪我们吃过晚饭，又加班去了。

小姑娘不穿高跟鞋，因为经常要上工地，早上出门，晚上才回来，风里来雨里去。妈妈讲起女儿，满脸的心疼。小姑娘的书房里有很多书，书架上摆了一大沓练书法的稿子。小姑娘晚上十点多回来后，还坚持练书法。对于年轻人，太难得了。

小姑娘说，她一直认真学习各种知识，增加自己的才干，因为房地产市场几年后即将没落，到时候肯定要转行，所以必须得学习其他的知识。她还分析了以后行业发展的趋势，给同去的女儿和侄女指出努力的方向。她宽阔的思路，睿智的分析，让我们刮目相看，不简单！

小姑娘有个打算，准备辞职考研，到国外上学，用一年的时间修完课程。听到这里，我们都很吃惊，辞去年薪百万的工作，已是出乎意料，出国上学，用一年的时间就修完学分，厉害，不由得佩服，真是太有底气了。

昆明之行，不仅给女儿和侄女上了深刻的一课，也给我上了一课，平时讲多少道理，灌多少鸡汤，不及身边真人真事的效果深入人心，来得震撼！

只有努力和自律，才能让我们有底气，选择自己的人生，而非被人生选择。

所有努力的人，都会让别人刮目相看，因为有了改变的底气，自然会得到上天的垂青。

当一个人努力拼搏的时候，他会使出浑身力气去打破所有艰难险阻，而努力，没有长度。

你学到的东西，或许不会带给你直接的财富，但是它会成为你的思想、你的格局，和你融为一体。你的思想、你的格局，最终会成就你的人生。

踏踏实实，认认真真，不断充实，不断提升自己的人，所有的梦想，一定会在汗水的浇灌下灿然生辉。

努力吧，在这个世界上，真的没有白费的努力，谁都有可能辜负你，但是汗水不会。

星光不问赶路人，时光不负有心人。

每学到一项技能，就多一分与这个世界苦战的底气。

底气，能让我们活得更有尊严！

这辈子，我"吊死"在"美"这棵树上

美，谁不爱呢？

英国埃克塞特大学曾做过一项研究，把一张美女和一张丑女的照片，拿给刚出生几天的新生儿看。研究者把两张照片放在距离新生儿眼睛大约30厘米的地方，结果发现，几乎所有新生儿都花更多时间去看美女的照片。

小宝宝才出生便知道美，天底下还有不爱美的人吗？

人常说："长得漂亮是优势，活得漂亮是本事。"

长得漂亮是先天的，爹妈给的，起点比别人好，是占据了优势；活得漂亮是后天的，是自己努力创造的，是在竞争中超越了别人，属于人生赢家，是体现出能力的本事。

20岁以前，你的容貌是父母给的；20岁以后，你的容貌是自己修的。一个天生漂亮的姑娘，如果心如蛇蝎，残暴凶狠，大家还会认为她美吗？退一步，没有那么坏，只是刁蛮任性、自私自利、目中无人，时间长了，她的美也会大打折扣。

人的美是由外在美和内在美组成的，有美的外表，也要有美的内心，

才会变得越来越美。没有美的外表，可以通过加强修养，提高素质，学会穿衣打扮，使自己变美。

我小时候，不是很好看，只是长得清秀，没有漂亮衣服可穿，大多穿的是姐姐的旧衣服。因父亲管教严厉，长大后也不敢穿时尚怪异的服装。所以，从小到大，我并不是特别出众。

参加工作后，在金融行业，了解银行的人都知道，银行工作人员外表光鲜，穿着笔挺的工作服，其实工作很辛苦，各种任务加压，休息时间很少，值班加班是常事。我婆婆经常给我送饭送药，是因为我全天上班，不做家务，是因为没有时间和精力，每天都精疲力尽。

在单位，我一直穿工作服，也没有时间去穿漂亮衣服。由于整天忙于工作，学习的大多是业务知识，其他知识学习得很少，谈不上综合素质的提升。

由于从小体弱，工作后不久，我加入跳舞的队伍。1994年，刚流行跳集体舞，也就是现在广场舞的前身，跳的人很多。

因在金融部门，经常24小时值班，我不能坚持天天去跳，中途中断了好几年，直到2007年生了一场病，让我再一次认识到健康的重要性，没有了健康，就什么都没有了。

从那时起，我便坚持跳舞。我们的团队成立了"巍山县健美操协会"，在家乡有名的拱辰楼广场跳舞，因为我跳得好，就站在前面带大家一起跳。那些年，我坚持早晚跳舞，跳健美操、健身操、民族舞、扇子舞……种类很多，跳起来很好看，我也一直带操好几年。

多年来，我上班前去锻炼，晚饭后再去跳舞，结束后继续加班，加完班就睡觉了，每天都过得很紧张。

近几年由于工作变动，经常出差下乡，没办法再去带操，我也坚持锻炼，步行或一个人跳舞。

感谢自己的坚持，无论多么辛苦，我都坚持下来了。坚持跳舞，让我的精神面貌焕然一新，人显得年轻，身材也和少女时期一样。

年轻人的美是天生的，中年人的美是修炼出来的。

随着时代的进步，我深刻认识到：一个女人，要有独立的思想、独立的人格、独立的经济，活出自己的精彩，这样的人生才有意义！

我喜欢美，热爱美，追求一切美好的东西，我要坚持锻炼，坚持学习，内外兼修，实现自己的理想和心愿。我相信，向往美，追求美，人就会变得越来越美！

很多人说，女人的美貌很肤浅，但是能一直坚持美下去的女人，靠的不是简单的脂粉，而是骨子里生出的自律精神。我更欣赏中年依然很美的人，从她们身上可以看到努力和自律。

通过努力，改变自己的人生，过上美好的生活，齐帆齐老师三姐妹便是最好的榜样。齐帆齐老师三姐妹，从小家庭贫困，父亲早逝，三姐妹自强不息，很小走入社会，打工创业，颠沛流离，历经千辛万苦，如今拥有了自己喜欢的事业，赢得了很多读者的喜爱，她们阳光、知性的模样真美！

所以，长得不漂亮的妹子，不必自暴自弃。你奋力拼搏、努力向上的样子是最美的！

不迷茫，不依附，有自尊，自强自立，才是一个女孩子最大的精彩。你若盛开，蝴蝶自来；你若精彩，天自安排！

香奈儿也曾说过："我真的不理解一个不打扮一下就出门的女人，即便是出于礼貌也不应如此。谁知道哪一天命运之神会眷顾我们，当然要以最美的一面来迎接它了。因为长得不够漂亮就放弃经营自己绝对是愚蠢的，因为美貌同样是靠修炼的。我们不能拥有天生的美貌，但是可以靠后天的自律而活得漂亮。"

演员闫妮，靠演电视剧《武林外传》中的佟掌柜而出名。成名后的闫妮，总有一种"土气"的感觉，这两年来，闫妮在大众面前的画风突然变了，由原来那个带着强烈"乡土气息"的傻大姐出落成一个举止端庄、美丽出众的"大家闺秀"，而且穿衣的品位也呈指数级增长。

闫妮脱胎换骨的蜕变，源于跳健身操、练瑜伽、游泳、拳击，减肥30斤，提升审美，懂得时尚，终于活成了美美的模样。

所以说，气质是可以修炼的，你也可以，从现在开始，你也可以优雅美丽。女人，不管你奔几，都要活得漂亮，活得美美的，多爱自己一点，要知道这个世界上，你是独一无二的！

在新疆石河子，有一个叫樊丽君的普通女人，因为爱美，她成了模特，并且组建了艺术团，当上了模特培训师，培养了很多模特，拥有了美丽的事业。每天她妆容精致，打扮漂亮，活成了18岁的模样。

看照片，你很难想象她已经是一位62岁的奶奶了，更想象不到的是，她在57岁时因为乳腺癌被判"死刑"，在58岁那年结束了婚姻。当初医生判定她最多再活两三年，但在6次化疗，25次放疗之后，2015年10月，她战胜了癌症，癌细胞没有了！

樊丽君信奉"不能美，毋宁死"。2011年6月9日，是樊丽君做手术的前一天，也是她57岁生日，她和家人一起吃饭庆祝，还给自己买了一条艳丽的玫红色裙子。手术那天，她用了两个小时精心为自己化妆，进手术室前，她微笑着对家人说："等着我，一会儿就出来了。"其实，当护士的她知道，手术的风险有多大！

即使住院化疗期间，她也坚持化好妆，穿上高跟鞋去逛街。抗癌成功后，医生说，这是生命的奇迹。樊丽君更想说："这是美丽的奇迹，人的一切都应该是美丽的，面貌、衣裳、心灵、思想。"这份追求与热爱，不仅给她带来了漂亮的容颜，也带来了健康的身体，豁达的人生态度，乃至成为她延续生命的动力。

美能创造奇迹,这辈子,我吊死在"美"这棵树上!

女人一定要有五样东西:健健康康的身体、扬在脸上的自信、长在心底的善良、融进血里的骨气、刻进生命的坚强。

这样,你会拥有美丽的人生,活成最美的模样!

45岁,我已期盼多年了

五月初八,端午节第三天,是我的生日,2018年阴历五月初八,是我45岁的生日,而我盼这一天,已经很久很久了。

一直以来,盼着这一天,日思夜想,现在,终于到来了,悲喜交加!

对于女人来说,45岁,是个尴尬的年龄,不太年轻也不算老,青春,一般这个年龄已经抓不住尾巴,人老珠黄是这个年龄段的标签。

我不是爱美吗,应该对它避之不及啊,怎么还巴巴地盼上了呢?

因为,我的人生从此要开始新的历程;因为,我要去做自己想做的事;因为,我的心愿要实现了;因为,我的女儿大学毕业了。

盼着,45岁后,可以身心自由,可以做自己喜欢的事,过自己想要的生活,活成自己喜欢的模样,想想都无比开心!

人生最幸福的事,莫过于身心自由,不停地做自己喜欢的事情。

这些年,我身体一直不好,特别是严重失眠五年多,差不多要崩溃、精神失常了。45岁后,我每天要拿出两三个小时锻炼身体,跳舞、练瑜伽、练模特走秀,身体好、形体好、气质好,越活越年轻,多美呀,最重要的是,把失眠狠狠甩出几条街,让它再也抓不住我。

想想，我已经很久没有好好跳舞，那些快节奏又好看的健身操我都忘得差不多了。曾经，我在广场上带大家跳了很多年，长时间不跳，记性又差，忘了，真是好遗憾！

45岁后，重拾快乐，追上青春的尾巴，好好跳舞，跳欢快的健美操。其实，我挺享受在大大的广场上带领大家跳舞，像老师，我要用心学习每一个新舞，并且要跳得优美好看，不枉老师的称号。

我还要去学各种好看的舞蹈，我的心愿，可不仅仅是跳广场舞，还想去更大的地方和舞台上跳，带动更多的人跳舞，舞动的人生一定会更精彩！

我要去练瑜伽，练模特走秀，这两项不仅能锻炼身体，还是提升气质的绝佳方式。我姐姐和同伴们都在练，各个气质出众，举手投足间都散发着一股优雅大气，穿什么都好看。

我还要练书法、学画画，能写一手好字，一直是我的心愿，偶尔也会练习一下，就是没有好好坚持，看到别人能写一笔漂亮的字，羡慕得不得了，马上对他产生好感。等时间充裕了，要好好拜师学艺，希望将来，我也能写出神采飞扬的字，配一幅精美清幽的画。

我要多读书，多旅行，让自己的身体和灵魂总是在路上，见多识广，人就会心胸开阔，不再拘谨于鸡毛蒜皮，蝇头小利，跳出了井口，看到的是无比宽阔的天地。海阔凭鱼跃，天高任鸟飞。

看书、写作是我现在正在做的事情，加入了齐悦梦想社群，认识了很多优秀的朋友，大家文章都写得很好，我要向他们学习，努力坚持，伴着文字的馨香，坚定地走下去。种瓜得瓜、种豆得豆，我相信，一定会收获属于自己的丰盛。

我还想学习朗诵和演讲，看到别人字正腔圆、激情澎湃地演讲，用抑扬顿挫的声音讲述一个个感人的故事，把自己的理念、经历分享给大家，或催人泪下，或真诚感人，让观众一次又一次鼓掌欢呼的时候，不禁赞叹，真了不起，我也想做这样的人。

好多文友，开了公众号，在文章的开头，配上自己朗诵的音频，我十分羡慕她们，真的是太有才了！

跟优秀的人在一起，会时时发现自己的短板和不足。只有加倍努力，才能跟上她们的脚步。跟高人为伍，自己才不会太落后。

我在2016年8月开了微信公众号，每个月写上一两篇文章，不太会排版，自从2017年11月学会简书写作以后，几乎没碰过计算机。因为"简书"很方便，在手机上随时都可以写，并且可以不断修改，即使发布后也能修改，功能强大，比微信公众号好用多了。

要想长期写作，最好使用公众号，还得好好学习文章排版。我听侄女说，排版挺麻烦，她写文章两三个小时，而排版也要花费两三个小时，心里有点发怵，但不管怎样难，都要去学习。好在文友们挺厉害，可以相互学习，而且可以请教老师，真好。

我还要学唱歌，从小到大我都喜欢唱歌，声音也不错，如今唱得少，声音出不来，好好练习，请老师指导一下，我也能唱好听的歌。唱歌，能陶冶情操，愉悦身心，还能治病，真是百利无一害的活动，肯定不能放弃，现在就开始放声歌唱。

我还要学烹饪，结婚这么多年，我做饭的时候很少，因为我福气好，和婆婆、哥嫂一起生活了二十多年。开始一直是婆婆做饭，婆婆去世后，是嫂子做，一大家子在一起吃，其乐融融，全家和睦相处，街坊邻居们赞叹不已，传为美谈。

这些年，因工作繁忙，我亏欠家人太多，有时间，我要好好学厨艺，做一个"上得厅堂下得厨房"的人，为家人做美味的菜肴，以弥补多年的亏欠，让烟火日子更有滋有味。

我会一如既往奉献爱心，力所能及帮助需要帮助的人。我愿做一支小小的蜡烛，为别人带来光明和温暖，让自己的人生更有价值，活得更有意义。

我想做的事还有很多，只能以后有时间再安排。不少人认为退休后的日子很难过，无所事事，老得很快，对我而言，那才是我人生的开始，每一天都有新的东西要学，可以结交很多志同道合的朋友，每天都过得充实和快乐，这样的生活，才是我所喜欢的生活。

45岁，悲喜交加，因为身心自由的心愿并不能实现，身不由己，但我的心可以自由飞翔，飞到梦想实现的地方。

跳出井底，世界如此之大，只要努力，人生有无限可能。

感谢这个越来越公平的社会，提供了更多的平台和机会，让有理想敢追梦的人都有施展自己才华的舞台，只要你努力，这个世界不会辜负你！

努力吧，你洒下的每一滴泪水和汗水都不会白费，一定会让你闪闪发光！

女人，就该活得美美的

前几天，因开股东会，我见到了两位退休的同事君姐和平姐。她们二位去年退休，有近一年的时间没见过了。

看到她们，真是眼前一亮。她们穿着时尚大方，发型也很好看，特别是君姐，皮肤白里透红，端庄典雅，年轻时美得像观音一样，现在依然那么漂亮，哪像退休的人；不禁让人赞叹！

我在金融单位，上班是要穿工作服的，穿工作服有一种整齐、得体的美。但我们更要追求的是展示个性、独特、有自己特色的美。

美，并不是年轻人的专利，无论年龄多大，让自己美美的，这是一种生活态度！

年轻人的美，是青春、灵动的美，而中老年的美，那是修炼出来的美。一个到了老年依然美的女人，更值得我们注目和钦佩。

一个美的人，一定是热爱生活、积极向上、高度自律的人。

一个美的人，不会仅囿于厨房、老公和孩子，整天坐在麻将桌上家长里短，一定有自己的兴趣和爱好，或唱歌跳舞或棋琴书画，这样的爱好，让你品位高雅、气质脱俗。

一个美的人，绝不允许自己身材臃肿、满身赘肉，她们会注重饮食、坚持锻炼，保持身材苗条，一个长期锻炼的人，一定容光焕发、身材窈窕、卓尔不凡。

一个美的人,一定会注重皮肤保养,好的皮肤,要内调外养,做到饮食清淡、睡眠充足、时常保养,再好的皮肤,也需要精心呵护,经常敷面膜,会让皮肤变得光滑细嫩,美,是自己创造出来的。

一个美的人,一定懂得穿衣打扮,穿衣有品位,不一定华贵,但一定适合自己,独具风格,让自己看起来时尚大方,仪态万千。

一个美的人,一定是独立自强的,有独立的经济,独立的思想,不需要依附别人,有自己的见解,做自己喜欢的事,不人云亦云,不随波逐流,活出自己的风采。

一个美的人,不仅有美丽的容颜,还有美丽的灵魂和思想,喜欢看书学习,不断提升自己,读书,可以使女人变得更美。"腹有诗书气自华",爱读书的女人,知书达理,谈吐优雅,超凡脱俗。

一个美的人,一定会努力学习,让知识武装自己的头脑,让善良丰富自己的内涵,知识和涵养会让女人的精神和灵魂都富足,善良的女人永远年轻秀美!

我姐姐,已经50多岁了。她多年坚持跳舞、练瑜伽、练模特走秀,身材和气质越来越好。姐姐开服装店,她是现成的模特,随便一件衣服穿在身上都很好看,让大家羡慕。

我姐姐属易胖体质,为了保持身材,也为了保证营养丰富,每天吃鸡蛋、牛奶、麦片、蔬菜、水果,合理搭配,健康饮食,定期敷面膜,整个人看起来气色很好,很年轻。

姐姐非常自律,能够管住嘴、迈开腿。在家里,姐姐经常一边看电视,一边练瑜伽、做仰卧起坐。她能做100个仰卧起坐,这是我非常佩服的。

姐姐的朋友,都是一起跳舞、练瑜伽和模特的人,各个多才多艺、气质出众。前段时间去南宁参加全国老年大学才艺大赛,还拿到了金奖,祝贺她们！

我也是一个极其爱美的人，为了美，我内外兼修，多年来坚持跳舞和锻炼。

我非常注重皮肤的保养，不喝饮料，不吃垃圾食品，吃得很清淡，做好补水和防晒工作，出门都戴帽子和打伞，尽量减少紫外线的侵袭，平时的保养肯定少不了，所以，我的皮肤在同龄人里算是比较好的。

为了美，我要不断提升素质，一个人的美是由内而外散发出来的。近年来，我坚持读书写作，认识了很多优秀的朋友，努力、上进、自律、善良，才是一个女人最美的模样！

我爱美，追求美，一定会坚持读书，书读多了，容颜自然改变。

对于女人来说，世上有种英雄主义，就是在认清人生不完美之后，依然爱美。

女人的美，和年龄无关，和修养、内涵、品性有关。你爱美，追求美，就会变得越来越美。我希望，当我满头银发的时候，还能风姿高雅、美丽动人！

因为，我除了想当一个好看的女人之外，还想拥有一个好看的人生！

自从我开始做自己,那滋味真叫一个"爽"

曾经,我对自己的人生做过规划:45岁后,我要为自己活!

45岁,已经过了半辈子了,上半辈子为生活、为工作、为家庭而努力打拼,下半辈子,该为自己活一回了,否则,人生真的很遗憾!

有了这样的想法,便日思夜想,心心念念,想想自己身心自由,能去做喜欢的事,跟同频的朋友在一起,说有趣的话,去过自己想要的生活,不由得嘴角上扬,忍不住笑出声来。

45岁还没到来,而我的身体却出了问题。因长期失眠,整天疲惫不堪,身体严重透支,记忆力减退,精神恍惚,差点得抑郁症,处于要崩溃的边缘。

这样的状态,肯定对工作大有影响,再这样下去,不是猝死,就是疾病大暴发,因为身体的免疫力已经极差。

当然,这样的痛苦,没有经历过的人,永远也不会感同身受,就像疮生在别人身上,刀插在别人胸口,那都是别人的事,与他无关,他永远不痛。

一个人死了,只有真正爱她的人才会伤心痛哭,别人永远是旁观者,甚至会有人暗地开心,拍手称快。

在面临死亡的情况下,我深深知道,什么对于自己是最重要的,那就是生命，如果生命没有了，所有的一切都等于零，而且亲人要怎样承受如此彻骨的痛，我的父母已承受不起。

好好活着才是王道！

人都说，病一场，你会看淡一切，更会看透人心。哪些人值得用一生去珍惜，哪些人根本不值得去浪费表情！

所幸，有亲人无微不至的陪伴照顾，有朋友真诚的关心支持，我走过了那段阴暗的时光，经过各种治疗，睡眠大大改善，身体也慢慢好起来。

感谢亲人，感谢朋友，感谢你们对我的爱，此生有你们在身边，我很幸福，我爱你们！

经历了病痛，我更加坚定了自己的目标，做自己喜欢的事，过自己想要的生活，爱自己想爱的人，每天都过得开心快乐，这就是最大的幸福！

现在的我，跟随自己的内心，不用顾忌别人的脸色，不必揣摩别人的心思，想怎么过就怎么过，不需要把自己框在固定的架子里，不需要跟不相干的人多费口舌，不妄自菲薄，更不会去迎合他人而委屈自己。

现在的我，变得冷漠多了，不再事事热情，精力有限。不想去和虚伪周旋，更不想戴着面具，说假话做假事。不想合群，独来独往，独处，是一个人的狂欢，是寂寞最美丽的绽放，我非常享受和喜欢。

现在的我，遇到不合理的要求，敢于拒绝，正当权利受到侵害时，敢于争取，自己做自己的主人，因为，除了自己，没有人会为你说话！余华曾说："当我们凶狠地对待这个世界时，这个世界突然变得温文尔雅了。"只有你坚硬无比，世界才会对你温柔以待。

现在的我，依然善良，但我的善良有着底线，带着锋芒，只给值得的人，再不想因为善良而受伤害。这个世界，并没有想象中那般好，但历经薄凉，我依然热爱美好，追求美好，这世上有一种英雄主义，那就是看透丑恶，依然相信美好。

现在的我，上好班，认真做好工作；下班后，锻炼身体、看书、练字、写文，一个人自得其乐。我并不孤独，因为，有一大群志同道合的朋友，虽然不在一起，但时时能感受到彼此的鼓励和温暖，跟优秀的人在一起，自己也不会落后。

现在的我，做人做事无须人人理解，只求自己问心无愧。我坚信，懂我的人，不用解释；不懂我的人，不必解释；做好自己，开心地活着，真好！

最后，致自己：亲爱的自己，愿你努力向上，也优雅从容；愿你腹有诗书，也面如春花；愿你活出最好的状态，气质非凡；愿你拥有美丽的思想、美丽的灵魂、美丽的面容、美丽的服装，每一天都美美的；愿你活成一道光，既照亮自己，又温暖别人！

按自己喜欢的方式过一生，这也是一种成功，不辜负自己，才是最有价值，最幸福的人生！

自律，是女人最美的模样

为什么有的女人，即便老了，依然美丽妖娆？

因为她们从不为年龄所困，永远有一颗朝气蓬勃的心，热气腾腾地生活！

姐姐给我传了一张照片，她和朋友的合影，是一群穿旗袍的美女，都是五六十岁的人，很多当了奶奶。她们每天跳舞、练瑜伽、走秀，日复一日，把日子过成了一朵花。

苦吗，累吗？

当然，因为女人的美，是修炼而来的。

坚持练瑜伽，悠扬的乐曲，柔美的动作，刚中有柔，柔中带刚，禅意满心。如在蓝天白云下，和着轻风，慢慢舒展，气定神闲，心中没有任何杂念，宁静如水，心如莲花，一弯腰、一屈膝，行云流水，轻柔妩媚，纯粹而富有诗意。

坚持跳舞，水兵舞、恰恰舞、普拉提、健身操……跳舞的奶奶们，婀娜多姿，活力四射，眼波灵动，笑意盈盈，浑身洋溢着青春气息，仿佛十八岁的少女！

坚持模特走秀，奶奶们穿着旗袍高跟鞋，仪态万千地走在T台上，低眉俯首的微笑，举手投足的优雅，妩媚不乏大气，婀娜不失内涵……

着一身端庄婉约，回眸一笑百媚生！

  坚持保养，奶奶们都非常爱美，精心护理自己的肌肤，坚持敷面膜、定期保养，使得皮肤细腻光滑，容光焕发。为了保持身材，奶奶们从不乱吃，注重荤素搭配，合理饮食，既营养又健康。

  这样的美，真叫人羡慕。可是，这样的光鲜亮丽背后，却是百般的辛苦。

  她们每天早起练瑜伽，风雨无阻。瑜伽，看起来柔美，其实练的是内功，练得浑身疼痛，夜不能寐，能坚持下来的，都是很有韧性的人。瑜伽，让奶奶们心胸开阔，不为芝麻小事烦忧，心态好，人也自然年轻。

  模特走秀，看起来袅袅娜娜，练习起来也是很苦的。穿着高跟鞋，昂首、收腹、挺胸，双肩打开，手心向里，丁字步站立，一二十分钟便全身酸痛，有时是大汗淋漓。还有步态，也有很多讲究，要走得优雅大方，要付出一番苦功。

  我姐姐天天坚持练瑜伽，有事参加不了集体的练习，就在家里自己练，还做些高难的动作，要知道，姐姐练瑜伽不过三年，当时快50了。

  姐姐常在家里练习走台步，眼神、表情、身姿、步态，每一个细节都要注意，非常不容易，真是"台上一分钟，台下十年功"。

  姐姐和她的朋友们，既是贤妻良母，又过得活色生香，打扮得美丽动人。她们为什么这样美？是自律。

  不管年龄多大，你爱美，追求美，就会变得越来越美。自律，是女人最美的模样！

纵然热泪盈眶，也要初心不忘

"怎能忘记旧日朋友，心中能不怀想，旧日朋友怎能相忘，友谊地久天长……"当熟悉的乐曲响起，我不禁热泪盈眶，没有跳舞，已经很久很久了……

半年来，因为严重失眠，伴随着烦躁焦虑、恶心干呕、头晕脑涨、疲惫无力，不得已，停止了跳舞和写文。不敢用脑，不敢过度劳累，一心一意上好班，保重好身体。

从小体弱，睡眠不好，上学时曾神经衰弱。近年来，失眠加重，每隔一段时间，它就会来陪伴我，短则一两个月，长则几个月。

我的生活，总是和失眠作斗争，长期失眠，让我的体质更差，几乎到弱不禁风的地步，一吹风头便痛，肠胃不好，很多东西都不能吃，尤其不能吃燥热上火的东西，一旦吃到，失眠加剧，真是痛苦不堪！

大病不犯、小病不断，舒舒服服的日子没有几天，多么羡慕那些身体好的人，不病不痛，什么都能吃。只有身体不好的人才知道健康是多么的幸福。

身体单薄，还遗传了父母的失眠症，有什么办法，只能面对。

为了增强体质，多年来，我一直坚持跳舞，百般忌口，食疗、运动、理疗，想尽办法调理身体，如不这样，不知身体要怎样糟糕！

由于工作和身体等原因，很长时间没有跳舞，听到熟悉的音乐，不禁悲喜交加。

伴着乐曲，踩着节奏，宽敞的操场上，我一个人旋转着，蹦嚓嚓、蹦嚓嚓，虽然四肢无力，手脚僵硬，但心儿是欢畅的。

跳舞，曾让单调的生活丰富多彩，曾让我激情满满欢乐无限，可近几年，都没能好好跳舞，是遗憾，还是无奈！

我跳舞已二十多年，20世纪90年代刚参加工作时，就去跳舞，那时经常值班，不能天天去，然后中断了几年。

到了2007年，因生病做手术，我深深意识到健康的重要性，下定决心坚持跳舞。我所在的团队是县健美操协会，跟随我们跳舞的人热闹非凡，围了两大圈，老的少的，大家欢聚一堂，其乐融融。

每天晨曦中，我就在家乡有名的拱辰楼前带大家跳舞，跳快节奏的健美操。上班的人们不断走过，虽然很多人注目，我们丝毫不扭捏，自然又大方，跳出健康，活力满满，青春在这里绽放。

7:40，匆匆去上班，以良好的状态完成一天的工作。

晚上7点，准时来到老地方，乐曲声起，大家踩着鼓点翩翩起舞，时而是柔美的傣族舞，时而是欢快的健身操，时而是粗犷的打歌。有时排成行，有时围成圈，在古城楼绚烂的灯光照射下，我们成了亮丽的风景。

早晨，我们跳快节奏的健美操，跳舞的都是年轻人，强烈的节奏，动听的舞曲，舞动青春，舞动人生。

晚上，我们跳老少皆宜的广场舞，老人们精神焕发，小孩子蹦蹦跳跳，欢歌笑语。我们，带动了县城的全民健身运动。

近年来，巍山全力打造"美丽县城"和"特色小镇"，广场越建越多，跳舞的人越来越多，而我，却很少去广场跳舞了。

不是我偷懒，而是工作原因，不能再去带舞，不能天天去，也跟不上大家的节奏，慢慢就不想去了。

不去广场跳舞，我并没有停止锻炼，在出差的时候，我也带着小音箱，坚持跳舞呢！

近两年没跳舞，其实是因为写作，每天要上班，晚饭后再去跳舞，回家都九点多了，再烫脚，做点别的事情，用于看书写文的时间非常少，所以我就改为走路。

可以一边走路，一边听书，一举两得。当然，我不是在马路上走，是在小区的操场上走。

边走路，边听书，我听完了余华的《活着》、陈忠实的《白鹿原》、霍达的《穆斯林的葬礼》，这些都是名著，《白鹿原》和《穆斯林的葬礼》曾获过茅盾文学奖。

自从写文以来，整天就想着怎样写文章，因此，还摔了一跤。

2019年9月的一天，在操场走路，构思了一篇文章，正兴奋着回家，当时天已黑了，大门的灯光亮着，迎着灯光，忘了靠楼有一个水泥墩子，一下子撞上去，双膝跪在铁皮盖子上，两条腿都擦破了，赶紧去医院打了破伤风针。

从此，我雪白的双腿上留下了两个黑疤，这是为写文付出的代价！

现在流行"鬼步舞"。2020年初的时候，我正兴致勃勃想学，没想到疫情来了，没有人跳舞了。

3月份恢复正常生活，正准备在操场练舞，政府开始老旧小区改造，我住的地方翻新，从楼房外墙、道路、操场、绿化全面进行改造，一直到10月份，我跳舞的想法泡汤了。

从6月份起，失眠和疲乏找上门，勉强支撑着上班，没有力气跳舞，更没有精力写文章。

看到文友们连续不断地写文，发表在公众号上，蒋老师、齐帆齐老师、柳兮妹妹、茶诗花、吴瑕姐姐还出了书，蒋老师接二连三出了几本，祝贺他（她）们的同时，我非常羡慕，还有焦虑。

半年没有写文，感觉什么都写不出来。三天不吃饭，嘴还会生了呢！

不能光焦虑，还得行动起来！

首先，开始跳舞，小区操场已经修好，拿上小音箱，一个人跳，喜欢什么曲子就跳什么舞，不必像以前带操，要照顾大家的情绪。

舞曲飞扬，我的心儿也跟着旋转，生命在于运动，运动让我能量满满，活力四射。

病痛不能把我打垮，我要战胜病魔！

当我伤感的时候，看到了廖智的故事。廖智是绵竹汉旺镇一所学校的舞蹈老师。在2008年"5·12"地震中，她失去了婆婆、10个月大的女儿和双腿，对于跳舞的人来说，真是晴天霹雳！

廖智凭着坚强和勇敢走出了低谷，重新开始《鼓舞》的排练。跪在鼓上跳舞，对于廖智来说，是多么不容易。截肢不久的她，每次练舞都给双腿裹上厚厚的纱布，训练后纱布鲜血淋漓。

廖智咬着牙，克服钻心的痛，在血泪交加中完成了排练。2008年7月14日，《鼓舞》成功上演，双腿残缺、一袭红装的廖智在大鼓上跳出生命之舞，震撼了观众，也给地震中不幸残疾的人们带来了希望和力量！

失去孩子和双腿的廖智离婚了，如今，她又结婚了，并有了两个可爱的孩子。丈夫是为她定制和安装假肢的专家。他给妻子设计了多副漂亮的假肢。廖智戴着它走上了更加辉煌的舞台，鼓舞了千千万万的人。

雅安地震后，廖智到灾区送粮送物资，为灾区筹款献爱心，成为"最美志愿者"。如今，她和丈夫投身公益，给残疾的孩子带来抚慰，给灾区人民送去温暖和光明。

世界以痛吻我，而我报之以歌，以苦难为火炬，照亮生命的路，让我们为最美的舞者廖智点赞！

有一天，偶尔刷抖音，看到了抖音名为"只穿高跟鞋的汪奶奶"。汪奶奶名叫汪碧云，已经79岁了。汪奶奶有着妙曼的身姿、优雅的仪态，每一个视频中的她，都气质高雅，优雅大方。短短一年，就吸引了1500万"粉丝"。

汪奶奶永远只穿高跟鞋，五官姣好，妆容精致，身材窈窕，衣着鲜丽，几十年如一日护肤、跳舞、化妆、造型，天生丽质难自持，自律热爱美永远！

2019年，在文艺节目《中国达人秀》中，78岁的汪碧云"小姐姐"，和舞伴跳了一曲美美的拉丁舞。高超的舞技，优美的身姿，惊艳全场。金星和蔡国庆赞叹不已，外国评委几乎惊掉了下巴。

汪奶奶坚持跳舞66年，无论经历什么，每天都要练舞一两个小时，汪奶奶优雅的气质和美丽的身姿，不是天生的，更不是金钱买来的，而是日复一日的坚持和热爱。

你想美吗？那就努力修炼自己吧，从思想到灵魂，从形体到气质！

感谢自己，多年的坚持，努力做好工作，努力锻炼，努力读书和写作，走过艰难困苦，历经病痛折磨，始终热爱美好，追求美好。我相信，一切努力都不会白费，美好的愿望一定会实现。

纵然热泪滚滚，也要奋力向前。未来可期，人间值得！

美丽人生，不胖不瘦 100 斤

我的体重，总在 100 斤左右。

身高 1.63 米，体重 100 斤，这算是一个标准的数字，虽然偏瘦一点，但是我喜欢。

记忆中，我最胖的时候，104 斤；最瘦的时候，92 斤。平时，我的体重，保持在 100 斤左右，一般不会超 100 斤。

看到很多人，为减肥，想尽办法，吃尽苦头，也没减下多少，稍不留神，多吃几顿好的，体重马上就回去了。肥胖的人，每天都在和体重作斗争，挺不容易！

我身材匀称，皮肤白皙，不熟悉的人，以为我女儿只上小学，其实，我女儿大学毕业了。有人很羡慕，问我是怎么保养的？

怎么保养皮肤身材，我有一些心得体会。

一、饮食清淡，荤素搭配

我每顿吃一碗饭，多吃蔬菜，不吃辛辣油炸食品，吃得很清淡，不喝饮料，常喝豆浆、酸奶。

我的体形，先天偏瘦，因为肠胃功能不佳，吃好东西，营养不吸收，也不会很胖。

这点随父亲。父亲年轻时，患了很严重的胃病，差点切胃，后得到一剂好药，经过治疗和长期调养，才慢慢好转。

听母亲说，父亲每天只能吃稀饭和面条，长达数年。过去缺医少药，通过调理，免于手术，也算是幸运！

父亲今年80岁了，清瘦矍铄，虽然身体不太好，但神采奕奕，比同龄人年轻很多。

父亲年轻时，是个帅哥。我跟父亲的相貌、体形、体质都很相像，不得不佩服遗传基因的强大。

我想说的是，先天的东西也不是一成不变的，很多女性结婚前非常苗条，生孩子后便吹气球般胖起来，是因为吃太多，营养过剩，胃也撑大了，每天要吃很多食物，减肥困难。

我认识的一个朋友，结婚前那叫一个漂亮，身材窈窕，笑容甜美，人见人爱。想不到，结婚生孩子后，变得像发面馒头一样，此后，再没瘦下去，她的样貌，跟少女时变了一个人，不可思议。

真是，一白遮九丑，一胖毁所有！

男人一长油肚，立马变油腻，女人一变胖，瞬间成大妈，所以，身材很重要，皮肤更重要。

我因为肤白体瘦，看起来比较年轻，2018年同学聚会，时隔26年未见，同学们夸我比小姑娘时还好看。看看同学，曾经的少男少女，很多面容沧桑。

岁月是把杀猪刀，对我手下留情吗？非也，因我的年轻，是修炼出来的！

二、坚持锻炼，注重保养

我从小体弱多病，为增强体质，一直坚持运动、跳舞，算起来，我跳舞已经二十多年了，见证了广场舞的起步、发展到流行，是广场舞推广的践行者之一。

晨曦中，我带大家跳快节奏的健身操、健美操，跳舞的都是年轻人，活力满满，激情四射，跳完操，赶到单位上班，一整天精力充沛。

暮色里，我带大家跳慢节奏的舞蹈，如民族舞、打歌，因晚上，有很多老年人跟着跳，快节奏的舞蹈她们跳不了，只能跳简单易学的舞，老年人跟随我们跳舞，锻炼了身体，增添了生活乐趣。

不光老年人，还有几岁的幼儿，也跟着节奏蹦蹦跳跳，整个广场欢歌笑语，热闹非凡。

后来，县城又新建了很多广场，跳舞的人越来越多，掀起了轰轰烈烈的全民健身运动。

因为工作等原因，我跳舞中断了几年，现在经常加班，只能断断续续。不跳舞，我也抓紧时间锻炼，上班坚持步行，晚上加班回去，在小区操场走上几圈，完成步行一万步的目标。

坚持锻炼，才使我保持苗条的身材，让我远离肥胖和臃肿，不管年龄多大，我决不会成为油腻的大妈，这是我一生奋斗的目标！

河南信阳52岁辣妈刘叶琳，外号"叶问"，年轻时曾是泳装模特，酷爱冬泳。她从17岁开始坚持锻炼，游泳、健身、户外运动，30年来不懈努力，让她的身材性感火辣，完爆18岁少女。

不是时光易老，而是你流汗太少。你流下的每一滴汗水，都会成为你对抗衰老的子弹！

三、坚持读书，内外兼修

我是一个极其爱美的人，眼看身边的女人，一个个从面若桃花，变得脸色黯淡，斑点丛生，不由感慨，在日复一日的操劳中，女人逝去了姣美的容颜，逝去了青春年华，把所有的爱献给了丈夫，献给了孩子，而唯独没有爱自己，任由自己苍老衰败，心生悲凉。

女人，请多爱自己一点，你都不爱自己，别人更不会爱你！

我活得通透，早早知道对自己好，我明白，自己又老又丑，女儿和老公都要嫌弃，别人更要嫌弃！

为了健康美丽，我不胡吃海喝，坚持跳舞运动，自律，让我年轻又美丽。

此外，我懂得穿衣搭配，扬长避短，我的衣服，不是大牌，却穿着好看，富有气质。

有人说，美丽是女人一生的事业。为了实现这个心愿，我要努力读书写作，直到永远。

林清玄说："三流的化妆是脸上的化妆，二流的化妆是精神的化妆，一流的化妆是生命的化妆。"

我要给自己的灵魂和生命，化上最美的妆容，而知识，就是那个生命的化妆师。

短暂的一生，我要活得丰盈，活得美丽，活得开心！

美丽人生，永远100斤，不胖不瘦，不悲不喜，不慌不忙，走自己的路，无惧岁月悠长，内心从容，静待花开！

第三章　爱，是幸福的港湾

永远的思念

亲爱的婆婆，当我写下这些文字的时候，我的眼泪禁不住又流下来，一想到您，我就无法抑制自己的泪水。自从您离开了我们，我已经哭过很多次。在上班时也一样，没办法忍住，有同事在，我就悄悄背过身去擦。我不是脆弱，我是太爱您、太想您了。您对我的好，我永远都不会忘记！

亲爱的婆婆，9月8日，在我们的百般劝说下，您才同意去住院，谁知这一去竟是永别！您那样硬朗，每每说起，我都会自豪地说："我家阿奶身体很好，要活到100岁！"可是，您却丢下我们走了，给我们留下永永远远的心痛。

亲爱的婆婆，我对您有不尽的愧疚，我从来没有服侍过您一天，没有为您洗过一次衣服。自结婚以来，都是您无微不至地关心和照顾我，直到住院，我都是在上班，上班时间从没有去看过您，晚上也没有陪伴过您，是姐姐在照顾。

我没有想到，那样坚强、一直能自由活动的您，住院仅短短的十天，这么快就离开了我们。我永远都不会忘记，9月17日5点钟，当我接到电话赶回家时，我惊呆了：您躺在床上，口吐鲜血，满身都是，全家人围在您的身边，哽咽着却无能为力。

我知道您太疼了，之前您从来没有说过疼，此刻，疼痛让您预料到最终的时候到了。可您有万般的不舍，不舍得我们，不舍得孙子和孙女。我们流着眼泪，呼唤着您、安慰着您，希望能把您留住。

在弥留之际，您似乎在期盼什么，那是您最疼爱的孙子和孙女还没有回家。女儿接到电话，从学校匆匆赶到家，看见奶奶就泪流满面，而您就是在等至亲的孙女。看到孩子，您流下了最后一滴眼泪，就永远闭上了眼睛。遗憾的是，您最终没有等到从洱源赶回来的孙子。

婆婆，您走了，让我们痛彻肺腑的是，当我们替您擦净血迹，盖上被单，过了一会，掀开却发现您的口鼻中又流出了很多血，把床铺都浸透了一大块。亲爱的婆婆，您遭遇了怎样的煎熬和疼痛啊！

现在，您再也不痛了，每当我们想您的时候，想到您活着被病痛折磨着，而走了就不痛了，伤痛的心才有了一点宽慰。

亲爱的婆婆，回想这十多年您对我的好，说也说不完，点点滴滴，是那样的温暖，让我感动不已。

记得怀孕时，您给我煮红糖鸡蛋送到单位上，每顿给我炖一碗肉丸子，虽然我没有胃口，吃不下去，但您的爱让我感到很开心、很幸福。

孩子出生后，一直是您带着。孩子个头大，您每天背着孩子买菜做饭，包揽所有家务，从来没有说过苦和累，从来没有任何怨言，那时您已经70多岁了。

孩子从幼儿园到小学，每天都是您接送，照顾孩子吃早点，我这个妈没有操过半点心，每天都只忙于工作。那些年，哥哥、嫂子、丈夫和我都上班，上班时间不统一，每天吃饭像走马灯似的，要吃几次。无论我们何时回家，您都会端上热气腾腾的饭菜。您对我们的爱，都融入热乎乎的饭菜中。

我的胃不好，您总是很体贴地做些清淡的菜，不让我吃生冷，还常常心疼地说："多吃点，你那么瘦，还没有娃娃吃得多。"看着您忙碌的身影，吃着热乎可口的饭菜，我的心里总是涌着一股暖流。每顿我都努力地多吃，想吃胖一些，好让您高兴。

照顾我们吃好，照顾孩子健康成长，全家乐乐呵呵的，是您最大的心愿，也是您最幸福的事。

在娘家，我是最小的孩子，一直上学，没吃过多少苦，也不会做事情，工作没多久就结婚，是您一直关心照顾我，教导我，包容我，从来没有责骂过我，您是天底下最好的婆婆。

您的能干、贤淑和善良，在街坊四邻有口皆碑。现在，一说起您，同事们都说："你婆婆对你太好了，经常给你送饭！"是啊，这些年，您给我送饭、熬药送药不知多少次。我太有福气了。我享您的福，不用做饭，不用洗碗，不做家务。我亏欠您的也太多了！

我身体不好去跳舞。您不但没有像有些古板的老人说三道四，还以此为荣。每次看到我在带大家跳舞，您都会自豪地对人说："我看到我家媳妇在跳舞。"言辞间是掩饰不住的高兴，因为您希望我身体好一些。

在您的关爱中，我享受到了浓浓的母爱，感到无比的快乐和幸福！

从您的身上，我学到了很多做人的道理。您常说："人存良心天照看！"您是人人称赞的大好人，我们兄弟妯娌和睦相处是您的心愿，而我们做到了。

因为有爱，我们这个幸福的大家庭不仅没有分家，而且充满和谐温馨，让街坊邻居赞叹不已。我们对您的孝敬，也让大家对我们赞赏有加。亲爱的婆婆，我是在您的教导和影响下学会做人的，并且要一辈子做好人。

亲爱的婆婆，我是在泪眼蒙眬中写这篇文章的。您不在了，而您对我们的爱永远都在。有爱，我们全家就会幸福和快乐。这些年，我一直跟着孩子叫奶奶，亲爱的妈妈、我的娘亲，我相信您一定到了天堂。愿您在天堂里也和我们一样幸福快乐。我们会永永远远想念您！

爱在天堂

　　亲爱的妈妈，时间过得真快。恍然间，您离开我们已经几个月了。今天，我们全家还有亲朋好友来给您上坟，希望您安息，希望您在那边生活得好，过得开心。您放心，我们全家都很好，没有分锅仍在一起吃饭，还是那样和睦，您不用挂念。

　　亲爱的妈妈，您离开后，我这是第一次来看您，跪在您的坟前，我泪雨纷飞。妈妈，我们给您镶了坟，您还住得习惯吗？

　　现在，您终于和爸爸团聚了，分别了三十多年，伤心了那么多年，思念了那么多年，如今终于在一起了！您还可以和老姐妹、老弟兄一起讲讲过去的事，回忆在一起的时光，您不会孤独的。过一段时间，我们又会来看您，您安心吧！

　　妈妈，您走后，我无比伤心，几个月都睡不着觉，很多个不眠的夜晚，过去的一幕幕放电影似的浮现在眼前，点点滴滴，让我泣不成声。孩子爸惊醒后一摸我的脸，满脸泪水，不停地安慰我："阿奶呈福去了，你不要难过，我都不难过了。"

　　话虽这样说，多少个夜晚，我无法抑制自己，泪湿枕巾。妈妈，多少人难以理解我对您的感情，别人大多是婆媳不和，而我们是婆媳情深！

因为您当我是亲生女儿一样疼爱、一样关心照顾。我一想到没有服侍过您一天，甚至没有为您洗过一次衣服，真是心痛难当，无比愧疚！

您住院期间，上班时间我从没去看望过您。有一天休息，我陪着您输液，看着您那样的虚弱憔悴，微闭着眼睛，再也没有以往精神，我不禁泪流满面。怕您看见，躲到一边悄悄地哭。我知道您得了很重的病，只祈求让您少受一点罪。

妈妈，您一生善良。街坊邻居都说您修为太好了，没有拖累我们，仅仅十天，就匆匆离开了我们，直到临终前口吐鲜血，您才说疼，多么坚强啊！您一辈子都这样！

您那样惨烈地离我们而去，让我们痛彻肺腑。想到您被病痛折磨，离开其实是一种解脱，我们伤痛的心才稍稍有所安慰。

亲爱的妈妈，您一生为儿女操劳，走到生命的尽头，还在为我们着想，走得那样干脆，不愿成为我们的负担，拖累我们，我们永远都享着您的福。

妈妈，您走后的这段日子里，我不知哭过多少次。我不知道自己是否太脆弱了，一想到您，眼泪就要流下来，根本没办法忍住。

走在回家的路上，我经常流着泪，顾不上旁人诧异的目光。这条路上，您天天接送女儿，常常端着早点，让孩子边走边吃，把孩子宠成宝贝。

下雨天，您从老家走十多分钟到我们的住所。我们还没起床，就听见您叫孩子的声音，撑着伞把孩子平安送到学校。要知道，您那时已经80多岁了。我既感动又不安。怕您出事，孩子上二年级，就坚决不让您来接了。

这条路上，您多少次给我送饭送药，我享受着您无微不至的关爱，在同事们羡慕和称赞声中度过了许多幸福的时光。这条路上，冬天天黑得早，您不放心我一人回到住处，硬要送我，您再回家……亲爱的妈妈，这条路上,印满了您忙碌的脚步,也洒满了您深深的爱!

回到家,到处都是您的影子,好像您从来没有离开过。厨房灶台上,有您每天吃粥喝水的小杯小勺,有您择菜用的小刀,您喜欢的碗、小凳子……您天天坐着睡觉的靠背椅仍然在老地方,我仿佛看到您在那里睡得正香。

家里的每一个角落,都有您的气息。在家里,过去的一切是如此清晰。

不会忘记:我们结婚时您已经70多岁了。而那时,您还挑着全家生活的重担。每天,您在家里忙忙碌碌,买菜、做饭、带孩子、做家务。

不会忘记:您背着女儿做饭,孩子的长腿拖到了您的膝盖;您端着盅子给女儿喂面条,孩子小时候东西吃得很少,经常感冒,您曾经十分担忧,而现在女儿长到了一米七三,身体健康,全是您的功劳。

不会忘记:多少个日子,无论我们何时回家,您都会端上热气腾腾的饭菜,可口的饭菜里饱含着您对我们的爱。

我经常下班很晚,您就在家门口焦急地等待,看到我回来,就满心欢喜地给我端饭端菜,看着我吃,并心疼地说:"你太瘦了,多吃点!"那一刻,我感到无比的幸福。

妈妈,您操持全家人的生活,任劳任怨。一直辛劳到84岁,才让嫂子接替了您的担子,而我一直享着清福,不用做饭,不做家务,我真是太有福气了!

妈妈,在我心里,您就是我的亲妈。这么多年,我们这个大家庭在您的维系下,兄弟没有分家,和谐温馨,让街坊邻居赞叹不已,连姐姐都对两兄弟的情意深深感动,说:"太难得了!"

我们这样的幸福家庭,被城镇评为"五好家庭"。妈妈,您的三个儿女在您的熏陶下,感情深厚,您放心吧,我们一定会相帮相扶过日子的。

妈妈,曾经我也怨恨过您,因为您在金钱方面太偏心哥哥嫂子,有时真是过分。您儿子是个孝子，我实在忍不住说："妈妈太偏心太过分了！"他就说："我妈老了，不要和她计较，我哥嫂比我们困难。"

　　妈妈，我只是一时生气，其实我从来没有计较过。如果计较，我们这十八年怎么能生活在一起，而且从未红过脸吵过架呢？

　　我知道，哥哥嫂子下岗，您偏心他们是应该的，如果偏心我们，那您不是一个好妈妈。我深深理解您，如果我有两个孩子，我也会这么做。

　　您放心，无论何时，我们不会不管哥哥一家的，因为血浓于水，一切都是源于爱。妈妈，您是个伟大的母亲，比起您的好，那些算得了什么呢？

　　因为有爱，我们这个大家庭才如此融洽；因为有爱，我才能战胜一切的挫折、打击和伤痛；因为有爱，我感到无比的幸福；因为有爱，我们才这样深切地怀念您！

　　亲爱的妈妈，您走了，但您对我们的爱永远都在。您临走前几天，我给您拍了几张照片，我把它洗出来好好珍藏。那是您留给我们最珍贵的记忆。您慈祥的面容和浓浓的爱，铭刻在我的心里，伴我一生，永不忘记！

孩子，妈妈想对你说

今年，女儿大学毕业了，已经成人了，即将走入社会，面临着许多挑战。在这里，我想对女儿说："孩子，这么些年，妈妈亏欠你的实在太多太多。现在，妈妈要陪着你一起努力，给你加油，实现我们的心愿和理想。"

面对女儿，我有不尽的愧疚。四年前，女儿高考的前一天，我被抽到剑川出差。单位工作安排，我也不好多说。回家跟女儿说明情况，女儿说，你去吧，没事，有爸爸陪我呢！那一刻，我很难过，自己是一个不称职的妈妈。

那次，和我一起被抽调的人员，有好几家的孩子都高考，有些申请换人，有些请了几天假，只有我例外。那年，天气酷热，真是很担心女儿中暑，又害怕她紧张，出现什么意外状况。乘车到剑川的路上，我一直在祈祷。幸好，当天晚上突降大雨，气温降了下来。

女儿的分数上了二本线，和预期一样，虽不是很好，但我还能苛求什么，因我从未陪伴过。在填报志愿的时候，我又到大理合行审计，工作任务很重，连晚上都在加班。我睡眠不好，每天都疲惫不堪，所以对女儿的志愿也没有多过问。

其实，忙是一回事，我已经习惯疏于管教孩子，习惯依赖家人，做了一个不称职的妈。

填报志愿是一件很难的事，经历过的人都知道，我不在家，父女二人费了很多心思填报了志愿，我仅仅提供了一些参考意见。到开学时，因学校调配，才知道录取的专业是教育心理学，并不理想。我一直动员她转专业，或者是考研，可她终究吃不了苦。

作为独生子女，女儿从小就没吃过苦，被全家人宠爱，衣来伸手，饭来张口，不会做家务，和所有的独生子女一样，被奶奶百般溺爱。

因我工作忙，上班时间不规律，有时全天上班，从上幼儿园到小学，都是奶奶接送。每天早晨，我们还未起床，婆婆已从老家走了近二十分钟的路程，到我们的住所，接女儿上学，风雨无阻，把女儿送到学校。

很多时候，奶奶买了早点，让女儿边走边吃，把女儿宠成了宝贝。这一路走来好多年，到婆婆80多岁了，我担心出意外，才不让婆婆来接。上学的路上，洒满了婆婆忙碌的身影，也洒满了对我们的爱。我永远都不会忘记。

为锻炼女儿，婆婆不来接送后，从小学三年级开始，我让女儿自己去上学。学校离家有一段距离，走十多分钟，还要经过一片田地。冬天的时候，天很黑，刚出门的路上人很少，女儿早晨上学还是有些害怕的，很多家长都去送。其实，是我有点懒，一直没去送过女儿。

小学期间，女儿中午回家要做作业、背书，因我不在，哥哥嫂子又对女儿极好，所以女儿背书和作业签字大都由哥哥嫂子代劳。我整天忙工作，不仅很少陪伴，连学习都管得很少。女儿和哥哥嫂子很亲，更像他们的女儿，和我却有些生疏，我不像一个妈妈。

上初中后，女儿进入叛逆期，我说什么她都不爱听，工作又烦，回家后还要面对一个烦心的孩子，真是烦上加烦，少管还清静点。潜意识中，我选择了逃避。初中三年，没去接送过她一次，不少家长一直坚持接送。

　　高中三年，女儿选择住校，也省去了早晚的接送。她一般星期六才回来，平时有事都找爸爸，不会找我，因为我上班走不开。有时，我责怪女儿不努力，哥哥说："她已经很乖了，你们都不管她，从小到大，她也没惹什么事，别家的娃娃，大人整天忙在后面。"

　　哥哥一番话，让我哑口无言，也很羞愧。是啊，别的妈妈接送孩子，给孩子做饭，陪孩子做作业，辅导孩子，我做了什么？除了上班，没管过家里的事，反而让全家人服务我，围着我转，不仅亏欠女儿，也亏欠全家，亏欠太多了！

　　老公到下关住院，是哥哥陪同；公婆，无暇顾及，全靠哥哥姐姐；婆婆住院，我没去照顾一天，婆婆去世了，留给我无尽的愧疚，多少个夜晚泪湿枕巾；像没妈一样，女儿就长大了，多轻松啊，可我的眼泪再也忍不住地流下来！

　　如今，四年过去，女儿毕业了，面临着找工作。女儿最喜欢的职业是老师，但报考老师是限专业的，心理学的老师招得很少，女儿考老师还挺难的。

　　我对女儿说："文凭并不能决定你的一生，只要你努力，现在学什么都来得及。妈妈也要努力，做你的榜样，让我们一起进步！"

　　终身学习，才能不被这个社会所淘汰。只要努力，流下的汗水终不会白费。用踏实的脚步，走出光明的未来！

　　从此，我将一直陪伴女儿，一直向前……

生命中，那些爱、那些暖

　　生命中，总有一些爱难以忘怀，总有一些暖沁入心田，伴随我走过伤痛、失落和孤单。每每想起，心中总会涌起一股暖流，让我有勇气面对世事和凉薄。

　　感谢亲人和朋友们，在我伤心、病痛和无助的时候，是你们给我关心，给我陪伴，给我守候。你们的爱，是我战胜一切的力量，感谢你们！

　　年幼的时候，我就像母亲的跟屁虫，跟在母亲身边，感觉很安心。母亲坐在哪里，我紧挨着或靠在她身上，心里有小小的幸福感。

　　小时候，生活贫困，物资匮乏，母亲做的咸菜在记忆中是最好吃的，简单的米饭放上咸菜，让我们吃得津津有味。一碗油炖腌豆腐是最佳美味，母亲的咸菜是儿时最常吃的零食，让我回味无穷。

　　父亲虽然对我们兄妹很严厉，但有好吃的，他都不舍得吃，一口一口喂我们。小时候，在暖暖的太阳下，父亲经常给我们姐妹三人洗澡，温暖的阳光，充满了父爱的味道。

　　儿时去外婆家，我总能享受到特殊待遇，晚饭时大家都吃粑粑，麦面做的，或蒸或烙；而我，吃的是油炒饭，那香喷喷的味道，至今留在我的记忆中。

从小到大，哥哥姐姐们吃的苦比我多，苦累的活都被父母和哥姐干了，我只做些轻巧的事情。我在家里是最小的，我吃的苦最少，享的福最多。

我从小体弱，我的身体是全家人关心的大事。这么多年来，每次父母给我打电话，第一句总是问我身体好不好，常常，不由自主，我就湿了眼眶。

怀孕时婆婆给上班的我送红糖鸡蛋，送炖好的肉丸子，虽然我胃口不好，吃不下，可婆婆的爱，让我感到很幸福，很开心。

女儿出生后，婆婆帮我带孩子，包揽所有家务，什么都不让我做。婆婆喂女儿面条，背着女儿做家务，女儿的长腿拖到她的膝盖上，这些场景像一幅幅画，永远铭刻在我的脑海里。

每天，婆婆替我接送女儿上学。婆婆从家里到我们的住所，走得快一点，要走十五分钟左右。多少年，婆婆风雨无阻，常常带着早点，让女儿边走边吃，把女儿宠成宝贝。

上班时，婆婆经常给我送饭送中药，这成了单位上的一道风景。同事们都羡慕地说，婆婆对我太好了。我上班时间不规律，全家人吃饭要走马灯似的吃几次。不管何时回家，婆婆都会端出热气腾腾的饭菜，像招待客人一样给我添饭舀菜，并心疼地说："你太瘦了，要多吃点！"每当这时，我的心里总是热乎乎的。

我常常下班很晚，婆婆就坐在家门口，巴巴地望着我回家的路，看到我回来，满心欢喜。冬天天黑得早，她不放心我一个人回到住处，送我回去后她再回家。那条路上，印下了婆婆忙碌的脚步，洒满了对我们的爱！

婆婆去世后，我们和哥哥嫂子一直没有分开，还在一起吃饭。每天，嫂子给我们做饭，为了照顾我的身体，她做的菜很清淡，但味道很好，各种花样，让我百吃不厌。如果哪天做了辛辣或上火的菜，会单独给我炒一份清淡的，并炖上一个鸡蛋，我十分感动。

我因为严重失眠，2018年初住院近一个月。婆家的嫂子提出要来医院照顾我。她刚刚做了大手术，我怎么忍心。后来是娘家的嫂子和姐姐来照顾，嫂子白天请假，夜里陪着我在医院，因为休息不好，原本身体不佳的她血压又升高了。陪了几天，我于心不忍，后来女儿放假，换女儿来陪伴。

住院期间，姐姐总是做了好吃的给我，家里人来来往往，吃住都在姐姐家。不光姐姐，姐夫对我也极好，连早餐都做给我吃，在他们面前，我一直是那个什么都不会做，一直享福的小妹妹。女儿姑妈一家对我也很好，对我关心备至。亲人们对我的关爱，我都记在心上。

在长达几个月的时间里，我天天晚上靠吃安眠药才能入睡，常常多愁善感。为了不让我伤心，不让我用脑，大家不准我看手机，不准我写文章，看电视只看动画片和搞笑小品。女儿和我看了好多集《海绵宝宝》，母女俩看得哈哈大笑，真像一对活宝。

感谢亲爱的朋友，在我悲愤、伤痛和烦闷的时候，给予我最有力的关心和支持；谢谢多年的陪伴和鼓励，在我灰暗的天空播撒灿烂阳光，让我有勇气面对一切。有人，知我冷暖，懂我悲欢，是多么幸福的事。一份懂得，让我的生命温暖如春，芳香四溢。

感谢亲人和朋友们对我的爱，这辈子有你们，是我最大的幸福，而对你们，我亏欠太多，请原谅！

原谅我在父母生病的时候，没有时间去照顾，全靠哥哥姐姐。为了不影响我工作，他们生病甚至不告诉我。

原谅我在婆婆生病的时候，没去陪伴一天，是姑妈和家人日夜守护。婆婆去世后，多少个夜晚我满怀愧疚，泪湿枕巾，夜不能寐。

原谅我在嫂子做手术时，出差在外，没去医院探望。因工作忙碌，最主要是记性太差，常常忘记和家人打电话，竟然没有打电话问候一下。

到我住院的时候，做完大手术出院不久的嫂子，要来医院照顾我，让我无比羞愧！

原谅我多年来只顾忙工作，不善于做家务。感谢娘家哥哥嫂子和姐姐对父母的照顾，有事回娘家的时候，你们在厨房忙碌，为全家人做好吃的饭菜，而我只是打打杂，你们一直都这么宠我。

感谢婆家哥哥嫂子，在家里照看陪伴婆婆，包揽所有家务。特别要感谢嫂子，天天做饭给我们，贴心地做清淡的食物，只为关照我的身体。你们对我的爱，都在一饭一蔬里，时时温暖着我的心。

全家人对我的好，说也说不完。感谢亲爱的家人和朋友们，感谢你们对我的爱。这辈子，有你们陪伴，我很幸福，我爱你们，我祝愿你们健康、平安、快乐、幸福，直到永远！

我爱您，妈妈

今天母亲节，为母亲祝福，祝所有的母亲节日快乐！

女儿给我发了红包，5.20元，并许诺说等以后挣钱了，给我发更大的红包。

女儿有这份心意，不管金额多少，我都很开心。

我现在身为母亲，更懂得了母亲对子女的爱，不求回报，无怨无悔。

今天，我想对我的母亲说："亲爱的妈妈，节日快乐，我爱您！"

母亲16岁便结婚了，从此与父亲为伴，挑起了生活重担。奶奶重病，父母结婚不久便去世了。爷爷分家，父母分开另过，一无所有，自食其力。

不敢想象，16岁的母亲，从此撑起了一片天。父亲上班，家里全靠母亲操持。紧接着我们兄妹出生，年轻的母亲，是怎样为我们的吃喝拉撒操碎了心。

在那个缺医少药的年代，孩子们时常生病，母亲便去田野山间找草药。什么症状用什么药，母亲讲得头头是道。养大了我们，母亲成了半个医生。

母亲的第一个孩子，我的大姐姐，在1岁的时候，因肺炎离开人世。母亲说，那是一个漂亮得像天使一样的女孩，打针打得屁股结起了硬块，最终还是走了。我知道，母亲一定伤心欲绝。

失去了孩子的母亲，在我们小时候，不知经历多少的日夜担心，暗自流泪；为了让我们吃饱饭，不知流下了多少血汗，付出了多少辛劳；为了供我们上学，又是怎样的省吃俭用，殚精竭虑；我们长大后，百般地操心我们的婚姻和工作；现在，依然还在为我们担心……

不会忘记，母亲日夜辛劳的身影，上山下地，洗衣做饭，肩挑背负，汗流浃背……母亲是一座山，是我们最坚实的依靠；母亲是一棵树，撑起了全家的一片天！

不会忘记，母亲曾有一头及腰的长发，让我们无比羡慕和自豪；现在剪成了短发，变得稀疏和花白。那乌黑发亮的长发永远飘扬在我的记忆中。

不会忘记，母亲曾有白皙光洁的皮肤；现在满脸皱纹，长着黑斑，两只手骨节粗大肿痛，布满皴口，经常贴着胶布，那是岁月的风霜给母亲留下的印记。而母亲身上的皮肤，依然又白又嫩，那是年轻时母亲的模样。

不会忘记，母亲曾有健壮的身体，长年累月地劳作，落下一身病痛，双腿变形，走路一瘸一拐，晚上经常疼得睡不着觉。经多方治疗，收效甚微，以至于母亲不敢出门，到下关哥哥姐姐家都极不方便，因要上楼。

我们长大了，而母亲却老了。亲爱的妈妈，您为养育我们付出了毕生的心血。您对我们的爱，我永远不会忘记。

因工作忙，我不经常回家，又常常忘记打电话，偶尔回家，父母亲喜出望外，忙活着给我们做饭。母亲不要我做事，在她眼里，我一直是那个什么都不会的小女儿。

我抢着做事，母亲会说："不用你做，你摸不着。"

母亲腰痛腿痛，弯腰下蹲极不方便，却一直坚持手洗衣服。让她用洗衣机洗，她说洗不干净，费水费洗衣粉。她一直节俭惯了，不舍得浪费。

母亲手指肿痛，还布满裂痕，冬天接触冷水更痛。我说买手套给她，她连连说："不用，不用，戴着做事不方便。"

有时，给母亲几百元钱，她要推辞半天："我有钱花，不用给，我一天在家，也花不了多少钱。"

我知道母亲经常吃药打针，要花不少钱，但她从不开口，甚至不让我知道她生病，怕影响我工作。

有一次母亲从高处跌落，来医院治疗，鼻青脸肿还缝了针。医院就在我单位对面，竟然不让我知道。过了很久，我才知晓此事，看到母亲嘴角大大的疤痕，我不禁泪流满面。

这就是我的母亲，辛劳一辈子，节俭一辈子，凡事亲力亲为，不会享福，有事自己扛着，不给我们增加负担，想念儿女从不开口，看到我们却满心欢喜。

不管有多大，不管在哪里，儿女永远是母亲的思念和牵挂。

母亲生我养我，情深似海，无以为报，谨以此文献给我的母亲，祝母亲健康长寿，平安喜乐！

有一种幸福叫：家中有个好嫂子

我从结婚到现在，一直和哥哥嫂子在一起生活，二十多年了，我们和睦相处，从未红过脸、吵过嘴，街坊邻居无不啧啧称赞，传为美谈。

幸福的家庭都是相似的，而不幸的家庭却各有各的不幸！

我们这个大家庭如此和谐幸福、相亲相爱，最主要的是我有一个好婆婆、好嫂子。我们全家人都是好心人，善良是我们家的家风。

公公婆婆在世的时候，待人友善，常常帮助别人。有一个堂哥小时候父亲早逝，家里很穷。公婆时常关心他。18岁参军入伍，要出远门却囊中羞涩。公公是他的堂叔，竭尽全力给予资助；而他的亲叔叔仅给了一块塑料布，后来还要了回去。

堂哥经过自己的努力，留在部队工作，夫妻二人都是部队医院的军医，享受良好的待遇。每次回老家都要来看望公婆，带着礼物，非常亲热，而对亲叔一家却有些冷漠。

每次堂哥回来，婆婆都欢天喜地，像自己的孩子回家那样开心，招待他们吃喝，临走时带给他自己腌制的咸菜，说是特地准备好给他的，虽不值钱，却是自己的心意。

遇到家人生病，我们也去找堂哥。他们夫妻二人对我们很热情，照顾我们吃住，客气又周到。如今，公公婆婆去世了，堂哥依然会来家里。

女儿考上大学，堂哥还给了红包。

人，感情都是互相的，你对我好，我便对你好！

结婚多年，我感到很幸福，因为有了好婆婆。婆婆每天买菜做饭带孩子，包揽所有家务，从来没有任何怨言。照顾我们吃喝，全家乐乐呵呵，是婆婆最高兴的事。

现在婆婆已经去世十年了。婆婆对我的好，我永远都不会忘记。婆婆生病住院，我忙于工作，没去照顾一天，是姐姐、哥嫂和老公陪伴。短短十天，婆婆就离开了我们，这是我心中刻骨的痛，每每想起都禁不住泪流满面。

婆婆照顾我们直到84岁，没有精力了。那时嫂子刚好下岗，在家门口开了个精品店，就由嫂子接过她的重担，为全家人做饭。哥哥嫂子和婆婆住在老家，我们没有住在一起，所以照顾婆婆的责任大部分就落在了他们身上。

感谢嫂子，既要服侍婆婆，又要照顾我们。婆婆老了，变成了老小孩，像个活宝，让人哭笑不得。

婆婆精力大不如以前了，但还是闲不住，动这动那的，不让她干她要干，让她干她又说干不动，不合她的心意，就要生气。

婆婆整天在厨房里转悠。嫂子做饭的时候，她就在旁边唠叨，这个要怎么做，那个要怎么做。嫂子是挺能干的人，她都知道，但只能耐着性子。

最好笑的是，婆婆经常怕饭不够吃，她偷偷往嫂子准备好的米里加点水，加点米，我们家的饭经常剩很多，因大家都不爱吃剩饭。让婆婆不要再加米了，婆婆不承认，说没有加过，后来仍然这样。真拿她没办法，只能随她了。

婆婆的牙齿几乎掉光了，不能吃硬的东西，嫂子天天给她炖一碗肉丸子。嫂子买了瘦肉，婆婆不吃，自己去买了很肥的肉，说是油糯糯的才好吃。每天，婆婆都会让我吃她的肉丸子，而我不爱吃，太油腻了，但婆婆对我的爱，我都记到了心上。

那几年，嫂子天天服侍婆婆，付出很多辛劳，也受了不少委屈，有几次跟我讲起，眼泪都快流出来了，而她依然一如既往地操持家务，照料婆婆，而我从没为婆婆做过什么。特别感谢哥哥嫂子为我们所做的一切，让我一直享着清福。

女儿小时候，我工作繁忙，经常全天上班，女儿背书、检查作业大多是哥哥嫂子代劳，甚至女儿生病的时候，也是他们带着看病、输液，所以，女儿从小都跟他们亲近。感谢哥哥嫂子多年来对我的关心和支持，老公和我更要加倍对他们好，才能报答这份情意。

嫂子就是这样一个贤惠善良又能干的人，她不仅对我们很好，对街坊邻居也很好。

跟我们住一个院子的堂哥患了癌症。他是个游手好闲的人，离了婚，儿子判刑，孤家寡人一个，生病前从不在家吃饭，来往的人都是社会上游荡的人。我们和他像陌生人一样。

他生病后，乖乖待在家里，一个人煮面条吃，厨房里落满灰尘，灯也不亮。他的两个姐姐偶尔会来看他，朋友来得很少，看着实在凄惨。所以，我们对他的态度发生了很大变化。

他每天的食物就是面条和鸡蛋，有时一天才吃一次，可能是没有吃的，嫂子每天做好了饭，就主动端给他，煮了骨头汤和鸡肉汤，也给他一大碗。

我老公隔三岔五就去超市买一箱牛奶和水果给他，把他当作家人一样。他那张阴沉的脸也时常有了笑容，偶尔还逗逗我家的侄孙女，好像患病的痛苦少了一些。好景不长，他的病越来越重，疼痛难忍、骨瘦如柴，几个月便去世了。他的姐姐从此对我们家非常客气，感谢我们一直照顾她的弟弟。

善良不图回报，只求自己心安！

曾经，嫂子把家门口的商铺租给一个丽江的小伙子。小伙子卖古玩。嫂子好心提醒古董集中在另外一条街，这里不适合。小伙子坚持要租。

嫂子是个很细心的人，看他用卖的东西盛水装东西，吃得很简单，就把桶、盆之类的家什拿给他一些，还把食物端给他吃。嫂子常常心疼地说："小伙子太不容易了，东西也卖不出去，吃得也不好，要是自己的孩子这样，不知有多牵挂呢！"

这就是我的嫂子，是一个善良、勤劳、富有爱心、对人友善的人，虽然她很平凡、普通，却让我们这个大家庭充满了温暖和欢笑。有嫂子在，我们才能如此的幸福和开心，衷心感谢嫂子为我们全家付出的辛劳，感恩！

愿我的嫂子一生平安喜乐，好人有好报！

爱你，小桃子！

过完年，小桃子走了，我的心空落落的，像丢失了什么东西。

自古伤情多离别！

年前，小桃子从昆明回来，陪伴我们半个月，过完年，走了。

小桃子是我家的小狗，小体形博美，体重三斤多，毛茸茸的，黄白色，样子像小狐狸，十个月大。来我家时才两个月，陪伴我们八个月。2021年11月，女儿去昆明，把它带到了昆明。

小桃子走后，我时常想它。它在家的时候，给我们全家带来了许多的快乐和开心。

上街时，它像个小明星，引得人们纷纷称赞"这只小狗真好看"。小朋友围着它，不舍得离开，连几个月的小婴儿都手舞足蹈，张着小手要抱它。

晚饭后，带它去文华公园玩，其乐融融。

广场上热闹非凡。这边，姐姐大妈们踩着节奏翩翩起舞；那边，爷爷奶奶们对着话筒放声高歌。

绿茵茵的草地上，是休闲的好地方。很多家长带着孩子玩耍，夕阳西下，微风习习，各种各样的风筝迎风飞舞。孩子们吵闹着、奔跑着，你追我赶，欢歌笑语。

在人少的地方，解掉系在小桃子颈部的绳子，它像脱缰的野马，飞快地跑来跑去，那速度，让人惊叹。

迎着风，它头上的毛会往后倒，小眼睛圆圆，小耳朵尖尖，小狐狸脸越显秀气，像一团毛球在飞，真帅呆了！

此刻，大叫一声"小桃子"，它就向你飞奔而来，箭一般，嗖嗖嗖。真担心它冲出去，或者撞树上，但它总能在飞速中准确停在你身边，抱住你的腿，摇着小尾巴，向你撒娇，像个小孩子。那一刻，你的心，萌化了。

小桃子就像我家的孩子一样。女儿说，她是妈妈，我是外婆，所以，它不在的时候，我想它。

想它的时候，就和女儿视频，小桃子不会看手机，我们在这边叫它，它经常无动于衷，很多时候都在玩耍，时不时就跑出了镜头。

只有女儿把它抱住，它才会乖乖对着镜头，但一脸无奈，茫然不知所以。

"桃子，桃子"，我急切地呼唤，它漠然看着我，面无表情。

小桃子不记得我了吗？我一阵失落。

没想到，2月6日，女儿带着它从昆明回来。那天我外出，回家时戴着头盔和口罩，一声"桃子"，它就扑在我腿上，亲热得不得了。

我吃惊，它没看到我的脸，竟然能认出我！

不认识的人，小桃子要碎嘴，冲人汪汪汪叫半天呢。

女儿说，走到步行街，它就兴奋地往前跑，到家门口，自动跳上台阶，朝里奔。

原来，小桃子没有忘记家，没有忘记我们。回到家，它没有咬家里任何一个人，在大家面前绕来绕去，时不时站起来，抱着你的腿。它知道回家了，可开心了！

这次回来，我们和桃子更亲近了，吃什么东西都要喂它，本来不给它吃的，但一吃东西，它就目不转睛地望着你，跑到你身边，抱着你的腿，或者跳到你身上，盯着你的嘴。看着那可怜巴巴的样子，只好给它吃一点。

小桃子以前不和老公亲近，有点怕他。这几天，老公经常喂它吃面包、吃肉，贪吃的小东西就和他好了，主动要抱抱，跳到他身上吵闹。

乱吃的结果是，小桃子上火眼睛疼，流泪长眼屎，眼睛成了一大一小，还拉肚子。赶紧给它吃药、点眼药水。喝板蓝根冲剂不费事，有甜味它主动吃了；点眼药水却是在打骂吓唬中完成的。它可不省心，是个淘气的小家伙！

用吃的玩的哄小孩子，小桃子也喜欢这一套，有吃的它就亲近你，有玩的就黏在你身边。

小桃子最喜欢的游戏是躲猫猫。我们躲起来，喊一声"小桃子，来找我"，它从沙发上一跃而下，循声而至。无论我们躲在哪里，它都能找到，真是个小机灵。

最搞笑的是老公。每天一起床，就和小桃子玩起了捉迷藏。我起床时，他正抱着小桃子在沙发上玩耍。一个大男人兴致勃勃和小狗玩，让我忍俊不禁！

晚上，他拿个玩具小兔子和小桃子打闹，大战三百回合。小桃子跳来跳去，和小兔子厮打，像个斗士。玩累了，跑去喝点水，又回来开战，无比兴奋，不亦乐乎！

小桃子在家，老公变成了老顽童，整天和小桃子玩乐，开心得哈哈大笑。

小桃子要走的前两天，老公对女儿唠叨："你要是工作忙，把小桃子带回来给你妈养。"

我忍不住笑了："你自己想养吧！"

我知道，老公舍不得小桃子，但女儿坚决不会把桃子放家里，我也没有精力去照顾它，像领一个小娃娃。

老公只想逗它玩，哪会好好照料它。

终于，女儿要走了，小桃子也要走了。我们依依不舍，小桃子似乎意识到了什么，不同往常。

走的那天，它热情似火，跳到我身上，伸着小舌头，不停舔、舔、舔，有时舔着衣服，一不小心，被它亲了脸。

忽地，它又跳到老公身上，欢快地在他身上跳着、舔着，甚至爬到了他的肩上，像个小孩子一样，调皮可爱。

老公要去上班了，和小桃子告别。它望望老公，又望望我，难以抉择。忽然，它追着老公去到门口，大声叫着。我知道，它也舍不得老公。

再不舍，也得分别。女儿和小桃子坐车去了昆明。当天晚上，我们和女儿视频，小桃子歪着头，静静地看着我们，有点诧异，有点懵懂，它不明白最亲近的人为什么不见了？

小桃子跑到手机后面找我们，又四处张望，都没有看见我们，它还想和我们玩耍呢。

最后，小桃子叼着它的小鸭子，抱着小熊，神情落寞地睡了。我看了，心里有些难过。

小桃子来到我家，是我们的缘分。我们喜欢它、爱它。它能感受得到，把我们当成亲人，无比依恋。

谁对它好，它就跟谁亲，狗狗都知道，人，又何尝不是呢！

人与人之间，也是相互的。你对我好，我便对你好；你对我真心，我一定不辜负。

在一起，便好好珍惜，离别后，互相牵挂。最美的感情，是眼中有你，心中也有你，无论千山万水！

小桃子，再见，可爱的小精灵，感谢你带给我们全家的幸福和欢笑！

小桃子是我家的一员，我们会一直善待它，永远都不会遗弃它。爱你，永远！

好好活着，是对亲人最好的祭奠

　　清明时节雨纷纷，路上行人欲断魂！

　　清明又至，人们纷纷上坟、扫墓，祭奠亲人，远在天堂的亲人，愿你们一切安好。

　　2021年是一个旱年，没有一望无际的绿色，没有勃勃的生机。公园里、路边的花草树木，靠人工浇灌，虽然花儿怒放，桃红柳绿，但没有青翠欲滴，没有沁人心脾，像远方的游子，满身风尘和沧桑。

　　走到郊外，草木萧瑟，一片荒凉。放眼望去，枯黄中，看到了一簇簇、一团团雪白、粉红，一朵朵的花儿，开得笑盈盈的，让人眼前一亮，心中一喜。

　　临近清明，天气阴沉，也下了一点雨，落到干涸的土地上，片刻便无影无踪，草地上，终于有了若隐若现的丝丝绿色。

　　不管怎样的阴冷，怎样的饥渴，春天的脚步，无法阻挡，生命的力量，无穷无尽！

　　纵然世界荒无，人间的亲情，深厚而热烈，天没有下雨，万千人心中泪雨滂沱。

　　沉睡的人们，有爷爷奶奶，有父母双亲，有花样儿女。如今，多少的幸福、多少的美好，都成为遥远的过去，只留下无限的悲伤，泪水淋淋。

　　逝者如斯，活着的人们，都要好好地活着。只有好好活着，才是对亲人最好的祭奠！

　　清明头天回娘家上坟，聚在叔叔家吃饭。父亲四兄妹聚在一起，聊聊家常，对健在的人，这何尝不是一种安慰。

　　2020年6月，婶婶晚上去卫生间，从楼梯上摔下来，头砸到楼梯口的棱柱上，伤势很重，连夜送州医院，抢救无效去世。

　　叔叔儿女双全，又盖了一幢新房，日子过得和和美美，一下子出了这种惨事，真是晴天霹雳！

　　叔叔退休后精神很好，整天干这干那，根本闲不住。婶婶去世几乎击垮了他，接二连三住院，头发花白了，走路佝偻着腰，步履蹒跚，苍老了许多。

　　我的父母虽然身体不好，病痛缠身，能陪伴我们一天，都是我们的福气。父母在，人生尚有来处；父母去，人生只剩归途。常回家看看，不要子欲孝而亲不待，徒留痛悔和遗憾！

　　明天和意外，不知哪个先来，活在当下，珍惜每一个日出的日子，珍惜和亲人共处的每一天！

　　清明当天，我们全家去上坟。我家的墓地，离县城不远，去巍宝山的盘山公路下面，坐车到停车场，走十分钟左右便到了。

　　我们的墓地，埋葬着家族的先辈。不知是谁家，已经把周围的树木和杂草，都清理干净了，看上去清清爽爽的。

　　恍然间，婆婆已经离开我八年多了。时间，是治愈伤痛的最好良药。婆婆去世的前三年，一提到婆婆，我的眼泪就要禁不住地往下流，根本忍不住。

　　如今，面对婆婆的墓，我的心情已经很平静了。儿孙满堂，全家和睦相处，这不就是婆婆最大的心愿吗？

我们摆上了供品，虔诚地礼拜，愿先辈们在另一个世界一切安好，保佑我们子孙后代健康平安，福寿绵长。

一天前，抓住休息的时间，我到医院检查了身体，因为已经难过很久了，一到医院，心里多少有点紧张。

医生问："有没有做过 X 癌的检查？"医生给你的诊断，总是会提到最坏的后果。

很多人谈癌色变，我因为身体不好，经常看病吃。多年来，一直面对医生这种警告。如今，不是不紧张，只是没有到惊慌失措的地步。

到了医院，你就进一步意识到健康的重要性。特别是看到那些危重的病人，各种手术，插满管子，随时面临生命的危险，真是生不如死。

当你躺在病床上，历经炼狱般的疼痛折磨，花多少钱都买不走疼痛的时候，就会深深意识到，钱可以买到很多东西，但不能买到健康。

此刻，只有一个念头，什么都是浮云，健康，才是我们最大的财富，无病无痛，就是我们最大的幸福！

适当工作，适当休息，努力工作是为了更好的生活；保重好身体，是一个家庭幸福的基石，幸福的源泉。

家庭是社会的细胞，每一个家庭都幸福了，整个社会也就和谐、幸福、美满了。

清明节，和朋友们共勉。

幸福的味道

端午又至,粽子的香味,飘荡在空气中,香香甜甜,让人垂涎欲滴。

早起,到超市买了两大兜水果、蔬菜、鸡、肉和粽子。回娘家和父母一起过端午节,因我不善于做饭,每次回家都要买些熟食。

这段时间工作忙,隔三岔五,才能回家看望父母。看到我回家,父母满心欢喜,掩饰不住地高兴。一直说,不用买那么多,吃不完。

能经常回家看看,陪伴他们,就是父母最大的心愿。儿孙绕膝,阖家团圆,是父母最大的幸福。

可惜,为了生活,我们在外各自打拼,兄妹逢年过节才能聚在一起,吃顿团圆饭,此刻,是父母最开心的时候。

蒸好了粽子,大家坐在一起,边吃边聊。父母讲述着往事,点点滴滴,酸甜苦辣,我们静静地听着,仿佛又回到了几十年前。愿时光停留,让父母双亲能陪伴我们,长长久久。

又香又糯的粽子,真好吃啊,我们小时候,是没有这种福气的。

小时候,我从来不知道什么是粽子。端午节,我们吃的是面条、芽豆、糖水萝卜,能吃上一碗又香又甜的糯米饭,是最大的口福。

端午将至,母亲拿出家里最好的面粉,到街上擀出面条。过节那天,母亲郑重地拿出用白纸包装的面条,小心翼翼地下锅。根根分明的面条在沸水里翻滚，一圈又一圈。我们巴巴地望着。终于，面条出锅了，每一碗面条上漂满灿黄的鸡蛋，再撒上一点翠绿的葱花，香气扑鼻。我们吃得满头大汗，连汤带面全部吃完，还直舔嘴皮。

母亲把干蚕豆用水浸泡几天，蚕豆变得又大又胖，长出了肥肥的豆芽，把芽豆煮到皮肉绽开，张着嘴的芽豆，一个个笑呵呵的，入口即化，非常好吃。

端午节，最有特色的一道食品是糖水萝卜。母亲把红皮萝卜，又叫胭脂萝卜，切成细丝，然后，用红糖水浸泡，加一点点醋，吃起来酸酸甜甜，还有些许的辣味。母亲说，糖水萝卜能除疾，吃了防止肚子痛，我肠胃不好，就多多地吃，希望肚子能牢一些。

最后，再盛上一碗糯米饭，加上两勺白糖，那甜甜的味道，如同父母的爱，永远留在我的生命中。

端午节，还有一个重要的仪式，给小孩子的脖子和手腕上戴上五彩的丝线，脖子上的丝线编个小辫子，拖在胸前，寓意是避灾辟邪，保佑小孩子无灾无病，长命百岁。等到火把节时，剪下来挂在火把上，随着熊熊大火燃成灰烬，百病消除。

小时候，生活贫困，物资匮乏，哪有什么好吃的。每到过节，母亲总是想尽办法，让我们吃顿好的。

回忆往事，印象最深的，就是母亲在灶上忙碌，哥哥姐姐在旁边帮忙。我是家里最小的，不会做事，坐在灶门口添柴火，玉米秆、油菜秆燃烧时噼里啪啦响，像放鞭炮一样。火光映着我的脸，一闪一闪，时不时，烟子往外跑，呛得我直咳嗽，泪流满面。能吃到美味的饭菜，流点泪又有什么关系呢！

母亲用粗糙的双手，给我们做出可口的饭菜。简单的食材，经过母亲精心制作，总能做给我们一桌丰盛的晚餐。那香喷喷的腊肉，只有过节时才能吃到，肥而不腻，最小的我，也能吃上几大片。肉，真好吃！

现在天天吃肉，却没有了儿时的味道。

过去，逢年过节才能吃点好东西。如今，超市里应有尽有，吃的，用的，琳琅满目，任你挑选，不由得感慨，生活，真的太幸福了！

我是福气最好的人，在娘家是最小的，苦活累活都是父母和哥哥姐姐在做，我没吃过多少苦，一直上学。结婚后，在婆家也是最小的，家务活被婆婆和哥哥嫂嫂包揽，婆婆对我的好，我终生不忘；哥哥嫂嫂对我们全家辛苦的付出，我永远铭记在心。

端午节，邻居老板娘早早给我们送来了粽子。她是外地人，心灵手巧，包出的粽子又大又好，里面包了红烧肉和咸鸭蛋，馅料适中，满口留香，特别好吃。

老板娘和我们做邻居十多年，和我们相处融洽。她家小孙女常来我家玩。我家小宝和小女孩一起吃东西、玩耍。老板娘是个有心人，包了粽子，给我家送来了一大袋。人都是相互的，你对我好，我也对你好。

我嫂子很能干，超市里卖着很多种类的粽子，她却亲自动手，又包了很多的粽子，可以让我们吃很久。

嫂子的厨艺非常好，多年来为我们全家人做饭，让我百吃不厌。感谢嫂子，让我不用做家务，能有时间看看书，写写字。这份情，这份缘，是我上辈子修来的福气吧！

我相信，好人会有好报的！

端午节，祝我爱的人和爱我的人，一生幸福，一生安康！

第四章　爱的微光，照亮世界

不管经历多少伤害，我依然选择善良

人常说，聪明是一种天赋，而善良是一种选择。

我没有天赋，不聪明，我选择善良。

从小，父亲对我都是极传统的教育，并且非常严厉，比如诚实守信、公平正直、大公无私……这样的家教，从骨子里造就了我耿直的性格，疾恶如仇，眼里容不得沙子，更不会见风使舵。

我记得，小时候我们家住四合院，有四家人，因老辈是兄弟，到父亲的时候，四家的家长是堂兄弟。那时，每家都不少于三四个孩子，四家的孩子在一起，人数可观。

每年过年，是我们最开心的时候，因为可以得到父亲给的压岁钱，兄妹四人每人二角的新票子。但可不是光给我们，院子里所有孩子都有份，一样的二角，叔叔家搬出另住也不例外，还给每家大人一包烟，年年如此。

在过去那种穷困的日子里，没有人会轻易给别人钱物，母亲对此颇有微词，对父亲说："自己的娃娃多给点，别人又不给自己家一分。"我们也非常不乐意。有一次，大一点的哥哥提出抗议，然后就给了哥哥一元，我们姐妹仍然是二角。

这件事我记忆深刻。多少年，父亲年年给大家压岁钱，而大爹叔叔们从未给过我们兄妹。不光这件事，所有涉及公共的事务中，父亲都要大公无私，宁愿自己吃亏，也要顾全大局，但有时仍是吃力不讨好。

父亲从来都是给我们做正面的教育。我不懂得社会的阴暗和复杂，为人老实，思想单纯，为此，进入社会吃亏上当受伤害，就成了不可避免的事。

不会违心，不会说假话，不会吹捧，不会八面玲珑，完全不会社会的各种"规则"，注定要吃很多的亏。总以为别人跟自己一样，不存恶念，结果被伤得鲜血淋漓，痛不欲生。我本良善，却要承受这样的伤痛。

社会复杂，人心险恶。我从自身总结经验和教训，对女儿既教给她好的，又教给她不好的，让她明是非、懂事理，比如说要对家人好，对奶奶、大爹大妈好，因为我们是相亲相爱的一家人，要懂得感恩；不要欺负弱小的同学，特别是家庭贫困的，不要看不起，要力所能及帮助他们……

我把善的种子从小就播种在女儿心头，让她做个好人。同时，我不愿女儿受到像我一样的伤害，我要讲给她社会的阴暗面，害人之心不可有，防人之心不可无，有些人可以坏到无恶不作，人神共愤。

几年前甘肃庆阳女孩跳楼的事件让我沉痛无比。一个花季女孩被人面兽心的老师侵害，多次上访上告，坏人平安无事，而女孩却被无休止的诽谤、打击，患上了严重的抑郁症，申诉无门，绝望之极选择轻生。

站在高高的楼顶上，在告别人世的几个小时里，我们再次见识了人性的丑恶，如此的冷漠和凶残，漫天的讽刺、嘲笑，让女孩失去了最后一丝生的希望，挣脱了消防员哥哥的手，留下了哥哥痛彻肺腑的哭声……

那些没有人性的看客，淋漓的鲜血让你们很高兴、很开心、很刺激吗？你们都是杀人凶手。如果女孩是你们的女儿，或者是妹妹，你们也会大声地欢呼吗？

我承认这个社会有很多的好人，但也有不少的坏人，穷凶极恶，要睁大眼睛看清。我们要善良，但绝不能对坏人善良。对坏人善良只会进一步助长了恶，让他更加肆无忌惮。

不管曾受到多少的伤害，经历多少的凉薄，我仍选择善良，但我的善良有着底线，带着锋芒。对我好的人，我加倍对他好；对我不好的人，我没有义务对他好；对于那些垃圾人，最好远离，不要无端地受伤害。

有一段话说得好："生而为人，不必非做英雄，但切忌自私自利；不必倾囊相助，但切忌欺生凌弱；不必雪中送炭，但切忌落井下石。"

一个正直善良的人，坚持公平正义，不是为了得好处，而是做到问心无愧；坚持善良，不是为了得回报，而是有一颗温暖友爱的心，给困境中的人们带去生活的希望！

这些年，我为素不相识的患病者捐款多次。第一次是十年前，在杂志上看到一个患者的求助信息，跑到邮局寄了100元，从那后就经常捐款。

记忆深刻的有几次，在朋友圈看到弥渡的小伙子患尿毒症，才20岁出头，父亲去世，只有母亲，刚结婚不久，孩子不满一岁，要定期透析才能延续生命，需花费大量的金钱，家庭贫困只有求助，我捐了500元。

侄女在下关一中的学长，大学期间患了极严重的病，家庭不宽裕。为了拯救他，学校和同学发起募捐，我看到侄女转发的微信后，捐了500元。

朋友欢颜哥哥的熟人老大姐，儿媳患了白血病，有两个年幼的孩子，已经在昆明医了一段时间，花了很多钱，病情严重，需到北京就诊，只有求助。为了年轻的妈妈早日战胜病魔，我捐了1000元。

欢颜哥哥是关爱抗战老兵的志愿者。他们的团队经常跋山涉水去慰问和看望抗战老兵，为关爱抗战老兵募捐，做了大量的工作。受他的影响，我也多次为抗战老兵捐款，为人民英雄能安度晚年送上自己的一份心意。

  我在腾讯公益上捐助了多个项目："致困境中的行善者""地震孤儿需要您的爱""抗战老兵关怀计划""919小白的希望""一棵树再造故乡"……以后，我还会继续支持，关爱的路上有你、有我、有他，这个世界会拥有更多的和谐和温馨。

  我还在水滴筹、爱心筹等平台上多次捐款，给那些和病魔抗争的人奉献一点爱心。我个人的力量是有限的，希望越来越多的人加入公益活动，挽救更多的生命。也许有一天，我们遭遇了灾难和病痛，也有好心人帮我们。

  爱出者爱返，福往者福来。

  我始终坚信：善有善报，恶有恶报！

  罗曼·罗兰说："世界上只有一种真正的英雄主义，那就是认清生活的真相后还依然热爱生活。"

照亮生命的光

　　　　　无论命运有多坏，人总应该有所作为，有生命就有希望。

　　　　　　　　　　　　　　　　　　　　　　　——霍金

　　2018年9月1日，出差回来刚上班，收到了一个包裹，心里有点奇怪：这一段时间出差，好像并没有上网买东西，拆开一看，是一本书，书名"坚墙"。

　　看到书，我马上知道了怎么回事，这本书的作者叫唐刚，网名花怨秋，是四川省自贡市富顺县安溪镇人。他因患双侧股骨头坏死和强直性脊椎炎，于2007年26岁时失去行走能力。从那时起开始学习写作，《坚墙》是他出版的第一本书，这本是他给我的赠品。

　　我怎么会认识他呢？这里有一段渊源。2017年6月，我买了花样年华老师的新书，从而认识了花样年华老师。一天，花样年华老师在朋友圈发布了花怨秋的资助信息，介绍了他的情况，已经完成《坚墙》的创作，需要资金支持出版。

　　面对这种情况，我立刻加了他的微信，向他转了200元。本来我会多资助点，但想到情况不清，出于谨慎，少转一点，如属实，以后再资助一些。

收到钱，他表示感谢，并说等书出版了，寄一本给我，再加家乡特产。我说，只要书就行，留了地址给他。

逢节假日，他会发祝福的信息给我，我一一回复。在朋友圈，他经常发一些诗歌和古典诗词，多写爱情，很唯美，但总流露出一股忧伤，这与他的心境和经历有关。

对于一个被病痛折磨，还能如此坚持写作的人，我是佩服的。

你的路不是我的路，可我知道多艰苦；你的泪不是我的泪，可我知道多伤痛。一样的天空，不一样的坎坷，路在你脚下，我为你加油！

写作10年，他小有成就，用手机录制了一首原创歌曲《梦恋烟雨江南》，得到众多网友的喜爱和支持。散文被诗刊《诗意人生》和《阅之声》收录，诗词被书籍《龙凤传说》收录。

贝多芬说："在困厄颠沛的时候能坚定不移，这就是一个真正令人钦佩的人的不凡之处。"

这些成绩，给了他很大的鼓励，让他找到了自己的生存价值，自己不是一个废人。根据自身的经历，他创作了自传体小说《坚墙》。

小说讲述了一个小男孩成长的历程。小时候学习不好，调皮捣蛋，打架斗殴、贪玩、迷恋游戏，中学未毕业就辍了学。17岁外出打工，尝尽艰难困苦和人世心酸，患上了如影相随的疾病。父母为他操碎了心，砸锅卖铁，负债累累。

文字中，还记录了爷爷、父亲在世时，全家幸福生活的点点滴滴。

为了治病还账，他带病外出打工，经历食不果腹、夜宿花园的流浪生活。修公路、做掌勺厨师、受骗落入传销中，当保安、进工厂、浪迹江湖。

其中，经历了两段爱情，那份执着与痴情，令人动容。

后来，父亲因病去世，他卧床不起，爱人也离他而去。因家庭贫困，举债无门，他的病久医又毫无起色。母亲时常咒骂，骂他是废人，拖累了自己，母子积怨加深。

那时母亲已另嫁他人，对久病的儿子越来越冷漠。他对母亲也充满了怨恨。终于有一天，母子大吵一架，母亲收拾东西和继父走了，留下他一个人，独自在残破不堪的土屋里躺着，终日忍受着疼痛的折磨，生不如死。

母亲走后，隔三四天会回来煮一锅饭，做点菜给他。他就连吃几天的冷菜冷饭。每天，他拄着拐杖，挣扎起来吃饭，小心翼翼，生怕摔跤，摔倒了就没有办法起来了。

和他做伴的只有一只猫、一条狗和几只鸡。有时母亲几天不来，他和猫狗就忍饥挨饿。冬天还好，能吃上冷饭冷菜；热天就惨了，饭菜第二天就馊了，不能吃了，就一直挨饿。

看到这里，我真是心酸无比，眼泪都要流出来了，恨他的母亲太无情，不顾儿子生死，连一口热饭都不给他吃。只有小猫小狗陪着他，后来，小狗和鸡死了，剩下小猫和他做伴。

可以想象，疼痛、孤独和伤心深入骨髓。这种暗无天日的生活，该是多么的绝望！

百无聊赖中，他想到了书，把家中的一大箱书找出来，多数是武侠小说，他整日沉浸在书本里，暂时忘记了疼痛。

后来，他又接触到网络，在多少个腿痛不能入睡的夜晚，他起来写说说和日志，得到了越来越多网友的认可，知名度也大大提升了。

乔·贝利说："有了坚定的意志，就等于给双脚添了一双翅膀。"

学习和创作给他带来了生的希望、生的快乐。他用文字怀念爱情，感恩生活，在病痛的磨砺中，一步一步走向坚强。

万物兼有裂痕，那是光照进来的地方！

他的故事慢慢传播开来，很多爱心人士捐款捐物，带他去看病。文学界的老师前辈给他很多的鼓励和支持，让他增强了信心，在文学的道路上坚定地走下去。

让人高兴的是，他的母亲重新回来照顾他的饮食起居，这是我们希望看到的。有一位志愿者免费给他针灸治疗，后来自己坚持锻炼，目前，他可以不用拐杖走四五十米，值得高兴。

唐刚的人生是不幸的，所幸的是他坚强地和病魔作斗争，没有被病魔打倒，这期间，除了自己的坚毅，更离不开社会爱心人士的关心、帮助和支持。

唐刚的坚强，像一道光照亮了别人，而众多爱心人士的关爱，又像温暖的太阳照亮了他的人生。

此后，我又多次给唐刚捐款，愿他早日战胜病魔，过上健康的生活，写出更多的作品，激励像他一样病痛的人们。

我们一点点的爱心，可以成为照亮别人生命的光，所以，请别吝啬你的爱！

善良的传递

在步行街老家吃完晚饭，洗好碗筷，天都黑了，女儿和我准备离开回家。临走时，女儿示意我不要关灯，我明白她的意思，因为对面的厨房没有灯光，有一个人在里面，我们的灯光可以照亮他。

那一刻，我突然感慨：善良，是可以传递的，在我们这个大家庭的熏陶下，女儿有一颗善良的心。

回家的路上，女儿跟我说："他好可怜，一个人孤零零的，厨房灯也不亮，黑灯瞎火，那天他住院回来，我也没叫他，我是不是很过分？"

女儿说的"他"是老公的堂哥。父辈是堂兄弟，住在一个院子里，平时家里就哥哥嫂子和他，侄儿小两口住在新买的婚房里，我们一家三口住在单位的宿舍区，嫂子每天做饭给我们，我们吃饭时才回老家。

结婚后我们一直和哥哥嫂子在一起生活，已经二十多年。前几年婆婆去世了，我们仍然没有分开，一大家子相处得很好。而我们和"他"却很生疏，很少说话，连招呼都不打，像陌生人一样。

为什么？

因为在我的印象里，他就是个坏人，尖嘴猴腮，形象猥琐，不务正业，往来的朋友都是些不三不四的人，对于这种人，我们只能敬而远之。

他曾经结过婚，两口子做小生意卖服装，赶山街摆摊，有一个儿子放在家里，由婆婆帮忙照看。两口子感情不好，经常吵架，对儿子也非打即骂。儿子从小到大，都没感受到父母的关爱和家庭的温暖，学会了小偷小摸的坏毛病。

最恶劣的是，他对父母也不好，从来不孝顺。他父亲患癌，他不仅不照看，重病期间和父亲争吵，甚至还掐着父亲的脖子。这种恶行，令人发指！

后来，两口子离婚了，儿子因为杀人被判刑十多年，当时不到18岁，现在服刑将近10年了。一个家庭四分五裂，他便成了孤家寡人。虽有兄弟姐妹，但来往很少，天天和他往来的都是些游手好闲的人，从来不在家里做饭吃。他的厨房和碗筷落满了灰尘，连灯都瞎了。

这段时间，一个多少年不做饭的人突然乖乖地待在家里，自己煮东西吃，厨房只打扫了一小块，碗筷凌乱地堆在地上，落满灰尘，吃东西仅用一个口缸。平时家里总是三朋四友，人来人往，挤在他那间黑暗狭窄的卧室里，这几天再也没见人来，只有他一人独处，觉得很奇怪？

原来，他得了食管癌，在姊妹的帮助下，用众筹向社会捐了些款，去州医院做了手术，现在出院回家了，所以乖乖地待在家里。吃饭只吃面条和鸡蛋，没有别的食物，姊妹很少来看他。换了别人，都有家人的陪伴和照顾。沦落到这种地步，真的很凄惨！

不管曾经怎样的厌恶，这种情况，也只能多关照他。我们家善良的天性，自然而然地体现出来了，捐了款，还给了钱。他拿着口缸要自来水，嫂子直接给了他一只桶，告诉他要用水随便接。我们煮了排骨汤和鸡汤，嫂子就给他一大碗，吃饵丝也给他一碗，适合他吃的，就尽量照顾他。

一天，老公安慰他："不要多想，思想上放松，好好养身体，慢慢就会好起来的。"

"我不想，能活多久算多久，不知能不能活到老辉出来。"老辉是他儿子。

　　人之将死，其言也善。不知他有没有后悔，从未对儿子好过，打骂无数，还用烟头烫儿子，把儿子的头按在水盆里。说实在的，孩子也挺可怜的！儿子愤愤地说过，长大了要收拾他。现在，儿子坐牢，很大程度上是他造成的，不知儿子还愿不愿意认这个爹？

　　不管他怎样的可恨，如今重病缠身，孤身一人，看着实在不忍心。姑娘不止一次说他"好可怜"。一个人，活到这般田地，也是悲哀！

　　相比之下，不得不感慨，家风决定人的命运和一生。也许，他的父亲没有给他好的家教和关爱，以致对老不孝，对小不疼，对妻不亲，对家人恶语相向，拳打脚踢，最终落得妻离子散的悲惨下场。他的儿子，也在延续着这种悲剧。

　　而我们家，婆婆善良，公公也是一个老好人，可惜去世得太早了。双亲对别人都是一副好心肠，常做善事，并且知恩图报。

　　多年来，婆婆的一言一行，就是给我们最好的教育。所以我们一大家子，和睦相处，其乐融融，被街坊四邻传为美谈。而婆婆的爱，一直铭记在我们心中，这份爱和好的家风，将永远传承下去。

　　做好人，行善事，好人终有好报！

行善自有天知，愿好人一生平安

好人有好报吗？我希望好人会有好报！

行善不欲人知，只愿心中安宁！

这几天，我常常感动，为我嫂子，一个平平凡凡的人。

我们结婚后和哥哥嫂子共同生活二十多年，一直没有分家，兄弟妯娌和睦相处。婆婆去世十年了，我们依然在一起，在街坊邻居中传为美谈。

哥哥嫂子对我们的好，我时常讲，铭记在心。当然，我们对哥哥嫂子也很好。因为，人是互相的。

嫂子天天给全家人买菜做饭，任劳任怨，是一个非常贤惠的人。有人也许会说，我们血脉相连，对我们好是应该的。

可嫂子却对一个人好，不得不让我从心里敬佩！

这个人是谁呢？

这个人是一个不受我们欢迎的人。我们曾经和他像陌生人一样，连话都很少讲。为什么嫂子会对他好呢？

因为他得了癌症，已经晚期了。对于这样的一个人，也许有人要避之不及，而我们全家却对他很好，对他关爱有加。

他是老公的堂哥，因父辈是堂兄弟，所以住在一个院子里。他十多年前离婚了，唯一的儿子在监狱服刑，兄弟姐妹疏于联系，平时一个人生活，家里常有他的朋友来往，都是些无业游民。

半年前，他查出食管癌，姐妹用众筹捐了些钱，到州医院做了手术，出院后就在家里休养。姐妹偶尔来看他一下，朋友时不时会来陪他几天，他大多就一个人在家里。

生病前他从来不在家里做饭吃，厨房里落满灰尘，碗筷多年没用，凌乱地堆在地上。厨房打扫了一小块，放张桌子，用电磁炉和口缸煮东西吃。他每天的食物就是鸡蛋和面条，有时一天才吃一次。

自从他出院后，我们对他的态度发生了很大改变，因为他看着太凄惨了。得了重病，没人照顾，吃的东西那样单一，有时一天才吃一顿，都怀疑他没有吃的。

嫂子每天做饭，做好后主动问他吃不吃，他同意便盛一碗给他，把他能吃的菜放上；煮了鸡肉汤和骨头汤，都会端一大碗给他，有什么好吃的，也会留一份给他。

老公隔三岔五便去买一箱牛奶和一些水果给他，让他多吃点营养的东西，养好身体，把他当成家人一样关心。

但是，病魔并不饶人，癌细胞扩散了。他的病越来越严重，整天疼得受不了，东西也吃不下，骨瘦如柴。

临死前几天，是最凄惨的。他疼得直不起腰，佝偻着身子，弯曲一团，在地上爬来爬去，不停呻吟，哀号着："我受不了啦，让我早点死吧！"

他的姐姐终于来陪他了，给他送药送吃的，但他疼得吃不下。嫂子每天依然会端给他吃的，偶尔，他也能吃一点。一天，嫂子给他盛了半碗绿豆粥，还给他送了几个鹌鹑蛋，他竟然吃完了。

善良是我们家的天性，公公婆婆就是人人夸奖的大好人，父母的言传身教，成为良好的家风，传承给我们，我们也会把善良和爱心一直传递下去。

　　但愿，善良能像太阳一样，给病痛和绝望的人带来光明和温暖。我也希望，愿天底下的好人，都能得到更多的快乐和幸福，让爱出者爱返，福往者福来，好人一生平安！

　　愿我的嫂子平安喜乐，幸福永久！

人间处处有温情

晚上 9 点，加班回家。到了小区门口，看到一只小狗，棕色，卷毛，看起来像泰迪。它脖子系着脖圈。我想，主人应该就在附近。旁边的文华山公园，晚饭后，有很多人在草地上遛狗，天黑了，该回家了。

因为加班，我行走的步数还没有达到一万步，我就在小区操场上，边看手机，边来回地走。

走了一会儿，不经意间，看到那只小狗还在大门口徘徊，走过去一看，怎么没见主人，主人到哪里去了？

可以肯定，这只小狗，一定是走丢了。

小狗四处张望，一会，又对着墙角尿尿，不长时间，它就尿了几次，刚开始尿了几滴，后面，一滴都尿不出来了。

它在干吗？其实，它不是尿急，而是在做标记。可怜的小东西，以为主人跟狗狗一样，闻着味道就找到它了。

小狗找不到主人，它很着急。主人找不到小狗，也一定很着急。怎么办呢？如果是我家的小桃子走丢了，我怕要哭起来呢！

我轻声和小狗打招呼。它看看我，不敢太靠近，眼睛不停向路口张望，泪光闪闪，一副焦急又无奈的样子。

前几天，听老公说，有些人走村串巷，专门偷狗，卖给煮汤锅的，不管多大的狗，一律逃不出他们的掌心。这样的一只小狗，被他们逮住，简直是轻而易举的事。

想到这，我不敢离开，只盼着小狗的主人，赶快来到。

我选好角度，拍了几张照片，发到朋友圈，希望主人能看到消息，尽快找到这里。

顾盼一阵，没见到主人，小狗往前走，到了工商局住宿楼门口，门关着，楼上仅有两三家亮着灯光，小狗在门口打转，又在墙角尿了几次。

小狗的家，可能在这里，我想叫人，又怕没人听见。这时，对面广电局宿舍有人回来了，我连忙问他们，这只小狗是广电局宿舍的吗？他们说不是。

几个人七嘴八舌，讨论了一会，有人说，让我带回家先养着，这是一个办法，可我还是希望能找到主人。

我是个胆小的人，还有洁癖，除了抱自家的小狗桃子，不敢随便碰别人的狗狗，不小心被咬了，还得去打狂犬疫苗。

再者，我家没有关狗的笼子，小桃子不在家，到昆明去了，把这只狗狗带回家，半夜叫起来怎么办，弄得大家都睡不好觉。

正在心焦，小狗却又转身往回走，走过我家小区门口，上了台阶，穿过公路，公路对面是文华山公园，小狗没去文华山公园，而是顺着公路往南走。

我站在公路边，担心地看着它，害怕它被车撞了，走了100多米，有一个十字路口，它穿过十字路口，我以为它一直往西边走了，没想到，它又朝我这边来了，我连忙叫住它。

小狗站在我身边，却无暇顾及我，四处找寻，焦急万分，呜呜呜，天黑了，该怎么办，主人啊，你到哪里去了呀？

也许，找不到主人，我还是它的安慰。小狗跟着我下了台阶，又回到工商局宿舍门口，巴巴等着，尿了几次，可怜的小东西，一滴都尿不出来了。

小狗的家在这里吗？为什么主人不出来寻找？

我不忍心离开,又叫不到人,门是关着的。突然,灵光一闪,我试着把手从门洞伸起,一拉,小门开了,我跨进去,招呼小狗进来,它却一动不动。

如果小狗的家在这里,门开了,它肯定飞奔着回家,不会毫无反应。

一阵难过,刚刚升起的希望又落空了。这时,朦胧的灯光中,有人走过来。一看,是认识的人,我连忙上去询问。

他看了一下,说不是他们小区住户养的狗,让妻子来看一下。

很快,他的妻子和女儿下楼来到门口。母女二人看了一下,拍了照片和视频,说他们加了一个养狗的群,可以把狗狗的信息传到群里,方便主人认领。

他家养了一只小柯基。曾经,我家去遛桃子时,时常遇到,喜欢小狗的人,都非常有爱心。

女儿拍照时,妈妈亲热地抚摸着狗狗。爸爸担心地说:"小心点!"

妈妈说:"没事,这只小狗是家养的,脖子上有脖圈,家养的狗都打预防针,看着挺干净的。"

说着,妈妈把小狗抱起来。小狗一动不动,不出声,很听话,它能感受到,我们对它的善意。

让我感动的是,热心肠的一家人说,让我放心,他们把小狗带回家,暂时养着,过两天,把狗狗带去宠物店,这样,主人就会很快找到它。

感谢善良的一家人,收留了小狗,不然,我都不知道怎么办呢?

人间处处有温情,我守了狗狗一小时,小狗终于有了归宿,真是开心。

希望,养狗的人们,遵守法律法规,出门时要牵着狗绳,收拾粪便,以防小狗走失,惊吓老人小孩,甚至伤到人,已经有很多活生生的案例,不要重蹈覆辙。

动物是人类的朋友,我们要善待自家的狗狗,不要随便遗弃,也希望大家,文明养狗,做文明人!

亲爱的姑娘，我要你活着！

2022年2月21日晚上，快11点了，正准备休息，突然收到一条微信信息："姐，休息了吗？本不打算向您开口，可目前好像只有您能帮我了。我一个人支撑了三年零七个月，快要撑不住了，最近筹款三个月才能提出来，只靠教普通话远远不够我的治疗费用，家里也在还为我治病借的钱。实在痛苦到极点，想向姐借1000元看病，以后慢慢还给姐，我们认识四年了，请姐相信我。您对我的恩情以及一次次的帮助支持，小妹当涌泉相报，都在心里了，谢谢姐。"

看到信息，我马上答应："好的。"

然后用微信转账，平时，对话框后面是笑脸，笑脸后面的圆圈点开，是相册、拍摄、视频通话、红包、转账等功能，当时有些奇怪，笑脸后面跟着"发送"二字，没有出现功能图标，我有些焦急，问她："怎么不能转账？"

"不能吗？陈姣姣，可以的。"

退出再进去，"发送"的字样不见了，出现中间有个"十"字的小圆圈，点开选择"转账"，输入1500，她跟我借1000元，转了1500元，我想，危急时刻，1000元能够吗？多给她500元，让她宽松一些。

说实话，我没打算让她还。一个小姑娘，身患重病，艰难求生，非常不易，给她一些帮助，不想让她还。

小姑娘哽咽着说:"谢谢姐,真的太痛苦了。我现在难受得连觉都睡不着。我先记一下。慢慢还您,谢谢姐,非常感谢,都记心里了,不打扰您了,早点休息吧!"

听着小姑娘哭泣的声音,我心里酸酸的,安慰她说:"不用谢,好好看病,保重身体,早点休息!"

"姐,我先吃点药,然后休息,您也休息吧!"

我不知道,此时,姑娘是如何被病痛折磨得心力交瘁,面对巨额的医药费,又是怎样的伤心绝望?无奈之中,想到也许我能帮她,忐忑不安向我发出求助信息,我心情沉痛,又有些许安慰,我是一个值得信任的人。

我和女孩有何渊源,她为何向我求助?这是一个痛心的故事。

这些年,由于写作,我加入了多个社群,有很多文友加了我微信,阿姣就是其中一个,从她的朋友圈,我知道了她的故事。

阿姣,本名陈姣姣,山东省枣庄人。2017年2月的一天夜里,阿姣突然肚子痛,到医院检查,被诊断为慢性肾功能不全,不幸的是,住院治疗半年后,发展为尿毒症,只能透析治疗,透析极其痛苦,她好几次晕了过去。

不幸中的万幸,阿姣等到了合适的肾源,多方筹借,做了肾移植手术,花费近100万元。那些钱都是借的,肾移植手术后,每月的治疗保养费用也是很大一笔。

为给阿姣看病,家里欠债很多,非常困难。阿姣父母70多岁了,身体不好,无力挣钱。阿姣身体虚弱,随时有感染的风险,也不能外出工作,她只能努力读书写作,学习播音主持,练习演讲,通过教授学员赚取一些收入,可是收入有限,根本不够一个月的保养费用。

阿姣说,家里实在太难了,父母年迈,身体不好,都需要做手术,可是没有钱去治病。自己每月巨额的医药费,压得喘不过气来,曾几百万次想要自杀,真是叫天天不应,叫地地不灵。可自己这么年轻,父母如何承受得起。她一次又一次打消自杀的念头,在煎熬中度日。

家里极度困难,连吃饭都成问题。有一个冬天,阿姣只有一条棉裤,来回换洗着穿,没有钱去买条新棉裤。万般无奈,只能通过"爱心筹"来向社会捐款。

在她陷入绝境的时候,无数的爱心人士,向她伸出了援助之手,给她活下去的信心和力量。

社会各界爱心人士给予阿姣很多的关心和帮助:教写作课的果果老师,给她减免了学费;良英姐介绍她通过日记星球写日记赚钱,还用卖脐橙的方式为她捐款;小牛妈妈教她如何做好声音训练营,如何更好地活下去;李二姐家里种着好吃的柿子,每卖出一单柿子,就给阿姣捐十元钱……

我就是看到阿姣的捐款信息,向她捐了几次款,所以她记住了我,在没有医药费,被病痛折磨,伤心又绝望的时候,她想到向我求助,她觉得我是可以信任的人。

我给她转了钱,阿姣流着泪再三感谢,她说:"我的大爱的好姐姐,您是我生命里一颗闪亮的明珠,无以表达我的爱,唯有好好活着!"

那一刻,我不禁泪流满面,我想对她说:"阿姣,我借你的钱,不用你还了。以后,我会尽力帮助你,你要好好活下去。"

我把阿姣的故事,我捐款的图片,发在朋友圈,希望有更多的人来帮助她,挽救她的生命。

也许会有人置疑,认为做好事要悄悄的,凡是公开宣布的,都是作秀。我希望,有更多的人来作秀,来献爱心。

我认为,好人好事就要大力宣扬,让大家知道,并向他们学习,歌颂真善美,鞭挞假丑恶,应成为时代的潮流,引领时代新风尚!

此刻,有一首歌响在耳边:"这是心的呼唤,这是爱的奉献,这是人间的春风,这是生命的源泉。再没有心的沙漠,再没有爱的荒原,死神也望而却步,幸福之花处处开遍,啊,只要人人都献出一点爱,世界将变成美好的人间,只要人人都献出一点爱,世界将变成美好的人间。"

愿《爱的奉献》在华夏大地唱响,爱满天地,爱满人间!

爱的微光，照亮世界

今天是腾讯"99公益日"，无数的爱心人士献出了自己的爱心，单位也发动大家捐款。与往年不同的是，捐款以后会生成一个捐赠证书，今年的捐赠，充满了仪式感和成就感。

回首，我和腾讯公益结缘多年，一共捐赠了八个项目，它们分别是："博爱云南行""幸存老兵助养行动""残疾人之家公益计划""抗战老兵关怀计划""致敬困境中的行善者""地震孤儿需要您的爱""919小白的希望""一棵树再造故乡"。虽然我捐的钱不多，但我的爱心，给那些需要帮助的人们解决了实实在在的困难，也给他们带来了无限的光明和希望。

今年，最为难得的是，过去捐赠每一个项目，每一次捐款，都生成了一个捐赠证书。在腾讯公益，我有50多个证书。这些证书，让我的心再一次充满了温暖和感动。

我不仅在腾讯公益平台捐款，还在水滴筹、爱心筹等平台上，多次为患病的人们捐款，为挽救病患生命，贡献出自己的一份力量。

我为残疾人朋友花怨秋和做肾移植的小姑娘阿姣多次捐款。他们是我的微友。愿我的点点爱心成为照亮生命的光，给他们带去前行的勇气和希望！

涓涓细流汇滔滔江海，只要人人都献出一点爱，世界将变成美好的人间！

我希望，越来越多的人参加到公益活动中，让我们用行动帮助更多的人，让我们的世界充满爱！

此生，愿力所能及帮助别人，活成一道光，照亮别人，也温暖自己！

第五章　余生不长，不再辜负

努力向前，你想要的一切在前方微笑着等你

　　时光，绿了芭蕉，红了樱桃，一路迤逦，我们的眉眼，从童真到青春，不经意，已被描画上了一缕沧桑。走过春夏秋冬，经过悲欢离合，看过人情冷暖，品过酸甜苦辣，人生，在品味中厚重，在历练中纯粹。

　　走在岁月的陌上，一切并非如人所愿，曾经的豪情万丈，在现实的打磨下已消失不见，绚丽的梦想逐渐苍白，变成了实实在在的生活。一颗心中只装了工作和家庭，风花雪月离得太远，柴米油盐才是人间烟火。

　　人生实苦，每一个人都在为生活努力打拼。我们都想事业有成，活得光鲜亮丽。可生活，并没有展开美好的笑颜，给予我们的，是一次次的坎坷和挫折，理想和心愿，好似遥不可及，无奈，只能向生活妥协，不是我们改变了生活，而是生活改变了我们。

　　日子总是日复一日的平淡，有时真是无比厌倦，只想远离。有些事，注定不能得偿所愿，自己所向往的，在远处不停地招手，只能遐想以慰藉，但随波逐流的人生，不是我想要的，人生只有一次，我不想虚度。

　　不甘于平平庸庸，不甘于生命就这样在平凡中耗尽，只有，在心中点一盏明灯，照亮自己前行的路，无论斗转星移，无论寒冬酷暑，坚守心中的目标，一路向前。

　　人生如逆旅，我亦是行人，一路走来，有过心酸，有过疲惫，有过

伤痛，也有过小小的惊喜。跌倒了，再爬起来；失落了，再一次鼓起勇气。只要心中有希望，没有什么能阻挡我前进的道路。

走着走着，天就亮了；走着走着，花就开了。所有的磨难，都会成为照亮生命的光。日子，在日复一日的辛劳中，也露出了幸福的模样，种下一株小草、一棵小花，在阳光雨露的滋润下，欣欣然地长出一片葱茏、一片明媚。

人生有大雨滂沱，也有阳光灿烂；有辛酸苦楚，也有开心快乐。重要的是，一直努力不放弃。谁不是一边失去，一边得到，上帝给你关上一扇门，同时又为你打开一扇窗。只要心存希望，相信，时光不会辜负你。

走过迷茫，走过忧伤，一颗心痛了又痛，如今，她已变得坚强。看遍了丑恶，更喜欢美好；经历过伤痛，更珍惜幸福。吃过苦，方知甜，忘记苦痛，让人生留下回味的甘甜。

收集阳光，让心灵的天空春光明媚；播种希望，让心灵的花园生机盎然。冬天会过去，春天总会来，一切，会如约而至。种下善因，就会结出善果；播下美好，就会收获芬芳。

所幸，历经红尘烟火，我并没有世俗而油腻，依然拥有童真和善良。喜欢小猫小狗，会为一朵小花的绽放而欣喜，也会为一条小狗的流浪而悲伤；依然拥有正义和良知，有看不惯的人和事，有自己的原则和底线，善良而又带锋芒。我愿，在这个俗世中，做一剂清流。

大千世界，许多人在生命中来来往往，相似的灵魂总会相逢，走着走着，我遇见了你，我们因文字而结缘，因文字而知心。懂得，是生命中最美的缘，走远的人不必追忆，而留下的，不离不弃的，值得用一生珍惜。

感谢文字，让我走进了一个美好的天地。在这里，我看到努力和拼搏、自律和坚持，人人都在耕耘自己的小花园，日夜不辍，在汗水的浇灌下，花园里姹紫嫣红、繁花似锦。命运，不会一直亏待含着眼泪奔跑的你，流下的泪水和汗水，终将不会辜负有心人，总有一天，你会收获属于自己的春天和累累硕果。

感谢文字，一直陪着我的孤独和清冷、快乐和悲伤。你是最可信赖的朋友，静静倾听，日夜陪伴。倾一纸笔墨，诉不尽情思悠长；书一行眷恋，道不尽情意绵绵。爱有所依，情暖心扉，胸怀暖阳，心花怒放！

坐在阳光下，斟一杯茶，在茶香氤氲中，捧一本书，在芳香中沉醉。这是我的小世界，在文字中，我遇到了有趣的灵魂，品性相近、惺惺相惜，虽远隔千里，我们的心，却离得很近。感恩文字，感恩遇见，亲爱的朋友，期盼有一天能相逢，诗酒茶花。

人生短暂，活出自己的精彩，不愧对自己的人生。爱自己，为自己而活，做自己喜欢的事，活成自己喜欢的模样。不媚俗，不逢迎，做风雪中绽放的梅，做深谷中幽香的兰，让灵魂，带着怡人的芳香。

雪小禅说："我想，我来这一世，不为别的，只为贴着很多温暖，而这温暖里，一定有很多好光阴，让我醉，让我疼，让我一生，不忘记。"

含着泪，带着笑，不忘初心，微笑向暖，向着美好，向着希望进发，相信未来，你所期望的一切，在前方微笑着等你。

余生不长，不再辜负

有一刻，突然就对周围的一切失望透顶；

有一刻，突然就陷入了深深的绝望之中，觉得自己所有的努力和坚持没有任何意义；

有一刻，突然就泪流满面，满心伤痛却无法诉说；

有一刻，只想远离，离得远远的……

哭过，痛过，然后问自己，为什么？

人这一生，活得无奈又悲哀！

我们活着，就是为了得到别人的肯定和认可？我们说话和做事，就是要让别人满意和高兴？我们的一生，是在为别人而活？

席慕蓉说："在一回首间，才忽然发现，原来，我一生的种种努力，不过只为了周遭的人对我满意而已。为了博取他人的赞许和微笑，我战战兢兢地将自己套入所有的模式所有的桎梏。走到途中才忽然发现，我只剩下一副模糊的面目和一条不能回头的路。"

就这样，许多人都做了岁月的奴隶，匆匆地跟在时光背后，忘记自己当初想要追求的是什么，如今得到的又是什么。

曾经，我们也曾豪情万丈；曾经，我们也满怀期望，可在现实面前，所有美丽的梦想都逐渐苍白。生活，磨平了我们的棱角，人人都成为一个个圆溜溜的鹅卵石。圆滑，是这个世界的通行证。

而自己，总也学不会八面玲珑，一直倔强地不肯谄媚，不肯违心，不肯屈从，见不得丑恶和不公平的事。只怪父母给我生了一副硬骨头，决不愿卑躬屈膝，让自己成为一个不合时宜的人。

这是我的骄傲，亦是我的悲哀！

我若圆滑，可以左右逢源，可以如鱼得水，可以违心地说话做事，可以事不关己高高挂起，可以麻木不仁，可以是非不分，可以为了自己的利益不顾一切……我可以得到很多很多的东西，可是，我要愧对自己的良心！

感谢生活，给了我许许多多的苦痛，许许多多的不如意；也感谢生活，我没有被坎坷和挫折所打败，走过伤痛和迷茫，没有忘记自己的初心，永远做一个正直善良的人。

我努力半生，也没能让别人满意。我希望的公平正义，却遥遥无望。微薄之力，无法改变社会，伤心有何用？

人生短暂，还是遵从自己的内心，为自己活一回吧！从此，我只让自己满意，余生不长，不再辜负；从此，我要好好地爱自己，不再为不值得的人和事伤神，余生很贵，不再浪费！

从此，我要好好睡觉，对于我来说，这才是最重要的一件事，睡好觉，是身体好的基础，没有健康，一切等于零。还有，要坚持锻炼，不久的将来，我会去参加瑜伽、跳舞和模特走秀，我要让自己永远健康和美丽。美丽，是我一生的追求！

从此，我要好好读书和学习，当才华还撑不起梦想的时候，就该静下心来学习。也许，我所有的问题，都可以通过读书来解决。读书，可以给我知识、智慧和力量，疗愈心灵，让自己自信和强大，一切的苦痛和磨难，都将照亮我前行的路。

麦家说："读书有什么用，只有读书的人才知道。在书的世界里，有比飞翔更轻盈的东西，有比钞票更值钱的纸张，有比爱情更加真切的爱，有比生命更加宝贵的情。"

从此，我要好好写字，能写一手好字，是我一直以来的心愿。以后有时间，我还要去拜师学艺，学书法学画画，描绘大好河山美丽景色，也描画出自己的人生画卷，我期盼那一天早日到来。

相信你的自律，相信你所做出的每一分努力，时光都会在未来的日子里，以另一种美好的形式馈赠给你。

从此，我要好好写文，只有文字，才是我最可信赖的好朋友。她不会嘲讽，不会打击，静静倾听，默默陪伴，一直陪伴着我的孤单和清冷，还有骄傲。我在文字里哭，在文字里笑，在文字里蜕变，在文字里丰盈，在文字里成长。

从此，我会更加热心公益，走在公益的路上，让我认识更多高尚的人。他们为需要帮助的人们无私奉献。大爱无疆，他们是这个社会最值得我钦佩的人。

我会一直奉献爱心，像一个小太阳，既照亮自己，又温暖别人，不必锦上添花，而要雪中送炭。我会永远做一个善良的人，只是，我的善良有着底线，带着锋芒，只给那些值得的人，对于那些丑恶的坏人，我的善良永远对他们说"NO"！

从此，我只结交志同道合的朋友，品性相投、惺惺相惜，不必圆滑，无须伪装，只一个眼神、一个微笑，便心意相通。有缘千里来相会，我相信，有趣的灵魂终会相遇，唐诗宋词，诗酒茶花。

喜欢雪小禅的一段话："所幸，我们一直在向前，所幸，我们只和有趣的灵魂交好、相知相爱，只和同频的人交换心性并一生相随，只向美好的事物低头且慈悲喜舍。"

世界以痛吻我，而我报之以歌。总有一缕光，照亮我的心房，有些东西永远不会老，譬如爱，譬如希望，一直向前走，生活不只有苟且，一定会有诗意和远方。

　　来世上走一遭，活出自己的精彩，不愧对自己的生命，这个世界上，不要指望别人，唯有丰盈、发展、强大自己，才会不辜负人生。

　　与其等待别人照亮自己，倒不如做自己的太阳，悦己才能悦人。余生，愿你做自己的太阳，无须凭借谁的光。愿你，坚定且柔软，自信且谦逊，阳光且透彻……

一个人的独舞，一个人的狂欢

　　近年来，我越来越喜欢一个人待在家里，远离尘嚣，在自己的小天地里，享受清浅的时光，可休息，可冥想，可看书写字。我惬意地享受这样的时光，让身体休息，让心灵安宁而沉静。

　　这样的时刻，对我来说，极其重要，极其愉悦。此时此刻，我静下心来，倾听自己心灵的呼声，我想要什么，我要怎么做，什么事情对于自己是最重要的，哪些是该追求的，哪些是该摒弃的，哪些值得，哪些不值得。

　　这时，我给自己的心灵除尘和洗澡，把那些垃圾和不良情绪清除干净，那些郁闷、烦躁、气恼，随着心灵的洗礼而渐渐消散，阴霾的天空再次明丽。我的理想扇动着欢快的翅膀，飞翔在清风里，飞翔在蓝天上。

　　这才是真正属于我的世界，不必再做烦琐的事情，不用担心太耿直又得罪人，不会去品头论足，不会去招惹是非。当然，更不必看别人的脸色，想干什么就干什么，让身心彻底放松。

　　独处的时候，不用揣测别人的情绪，不用顾及别人的言语，不必琢磨别人的心思，只是在时针的静静跳动中，轻嗅花香，自己陪同自己，走好属于自己的路。

　　叔本华说："只有当一个人独处的时候，他才可以完全成为自己。谁要是不热爱独处，那他也就是不热爱自由，因为只有当一个人独处的时候，他才是自由的。"

远离纷扰和喧嚣，一个人看看书、练练字、写写文章，一颗烦躁的心渐渐平静下来，在文字中妥帖安放。

在文字面前，我可以毫无顾忌敞开心扉、吐露心声。她不会嘲笑，不会打击，默默陪伴，无悔无怨。她给我指点迷津，给我哲思妙语，给我知识，给我智慧，给我展开了一幅如诗如梦的美丽画卷，给我的理想插上腾飞的翅膀，让我在广阔无垠的蓝天尽情翱翔。

此刻，心灵的花园，有悠扬美妙的音乐，有清丽动听的歌声，有蓝天白云，有潺潺的溪水，有青青的小草，有一眼望不到边的绿，有千娇百媚的花儿迎风起舞，赏心悦目，令人沉醉。

我爱文字，她是我这一生最可信赖的朋友。因文字结缘，我认识了很多优秀的朋友。他们那样努力和自律，时刻激励着我，让我坚持不放弃。只有自律的人生，才是自由和开挂的人生！

在优秀的人面前，我认识到了自己的不足和差距。我深知，每一份成功，都不是轻而易举得到的，而是付出了无数的艰辛和汗水。每一个成绩卓著的人，都值得我钦佩和学习！

当然，成功也必不是在热闹非凡、车水马龙的地方取得的，而是在一个人孤独寂寞，经过无数个不眠不休的日夜，付出常人难以承受的艰难困苦，甚至是血泪后才得到的。

路遥写《平凡的世界》，从1982年到1988年，历时六年多。六年间路遥去煤矿体验生活，进乡村收集素材，一个人孤孤单单，在简陋的屋子里，日夜写作，殚精竭虑，写到手痉挛，好多时候躺在床上有生命终止的感觉。待《平凡的世界》完稿，不到40岁的路遥，形容枯槁，看起来像个老人。1991年3月，《平凡的世界》获第三届茅盾文学奖。1992年11月路遥因劳累过度，患病去世，年仅42岁。

陈忠实写《白鹿原》，历时五年。他拒绝省文联党组书记的职务，回到老家西北坡上，在破旧的窑洞中，开始了他史诗般的创作。八个月就完成了初稿，翻来覆去修改却花费了四年时间。在这五年时间里，他没有收入，生活拮据，孩子的学费都成了问题。妻子对他十分不满，他给妻子承诺，若书写不成，就跟妻子一起养鸡来维持生计。《白鹿原》出版后大火，版税高达455万元，陈忠实登上了中国作家富豪榜，《白鹿原》于1997年获得了茅盾文学奖。

冰心说："成功的花，人们只惊羡它现时的明艳，然而当初她的芽儿，浸透了奋斗的泪泉，洒满了牺牲的血雨。"

我不想庸庸碌碌过一生，努力，只为不辜负自己。每天上班，忙忙碌碌，只有下班和休息时间，才可以一个人静静待着，做自己喜欢的事情，所以，我要充分利用好空闲时间，拒绝闲聊和打扰。

现在，我最喜欢的地方是家里和操场。吃完晚饭，到楼下的操场上锻炼，或跳舞或步行。当初在广场领舞的我，不愿意到广场去跳了，一个人跳，就跳那些快节奏，自己喜欢的舞，不必像在广场上带着人跳，要照顾别人，跳些不喜欢的舞。

一个人跳，想怎么跳就怎么跳，不用顾忌别人，自己开心快乐就行，我就是我，不一样的烟火。

步行的时候，我就听书，我听完了《活着》《白鹿原》《穆斯林的葬礼》等名著。一部部小说，呈现给我千姿百态的人生，除了佩服作者的才华，用精彩绝伦的语言，写出感人肺腑的故事，同时，这些经典小说，文字气势恢宏、富含哲理，发人深省、令人深思。人，该怎样活着？

在广袤无际的天地间，人不过是沧海一粟，如蜉蝣般的存在，所以，不必睥睨天下，也不必妄自菲薄，珍惜当下，过好每一天，做自己喜欢的事，让每天都过得开心和快乐，这就是幸福的人生。

幸福的人生，从独处中来，只有独处，才能审视自己的内心，才能不断反思，才能不断提升自己的素养、品行和才华，才能真正领悟幸福的意义。

独处的日子，也许是孤傲的梅花在凌雪盛开，也许是遒劲的青松在悬崖挺拔，也许是清幽的兰花在山谷暗香，尽管风霜肆虐着寂寞，孤独侵蚀着年华，渴望心灵的自由，渴望生命的怒放，在前进的征程中迎接一次次洗礼和跌撞。

我喜欢独处，独处让我更自由、更轻松、更丰盈、更愉悦。独处，让我成为更好的自己，活出自己的精彩，无愧自己的生命。

一个人的寂寞，一个人的清欢，一个人的独舞，一个人的狂欢，独处，是寂寞最美丽的绽放！

微信朋友圈，让我变得更优秀

如今，很多人不发朋友圈了，对朋友圈大力吐槽，焦点集中在以下几方面：整天发广告；成天晒娃；花式秀恩爱；频发美食；高调炫富；秀各种自拍……

为了自我保护，避免别人的眼光、嘲笑、曲解和误会，很多人悄悄隐退了，不愿发朋友圈了。朋友圈里，又有几人能真心对待你，能真正与自己心意相通呢？

可是，我们生活在社会上，不跟别人交流，把自己封闭起来，装在套子里，不敢表达自己的情感和想法，是不是很悲哀呢！何况，微信朋友圈是一个很好的交流平台。

我想说的是，发朋友圈是自己的自由，只要不违法违规、造谣诽谤、恶意中伤，发不发是自己的事，与别人无关！

所以，不用讲不发朋友圈是深沉、自信、强大，不用通过朋友圈的点赞、跟帖来获得肯定；而爱发朋友圈的人是无聊、浅薄、无所事事、不自信，需要刷存在感。

当然，适度最重要。

我的朋友圈我做主，想看就看，不想看可以屏蔽，甚至可以删除，不想做朋友完全可以不加。

我的朋友圈，加的是父母、哥姐、侄儿侄女，少数亲戚，还有部分同事朋友，因为文字，认识了一些写作的朋友，但绝大多数是别人来加我的，我的朋友圈并不复杂。

　　我喜欢发朋友圈，是为了密切跟家人的联系。因为工作的原因，我形成了不爱和家人打电话的习惯，有事才打，而且，我和父母、兄弟姐妹、侄儿侄女不在一起，所以，发朋友圈能让家人知道我的情况和信息。

　　我的父母长期在老家生活，我们兄妹和孩子们都不在他们身边，老人很孤单。几年前，姐姐给老爸买了智能手机，女儿教老爸学会使用微信。微信强大的功能，让父母可以随时看到我们的照片消息，还可以视频，不管离多远，就好像在身边一样。

　　刚开始的时候，朋友圈人很少，所以吃喝玩乐，都要照几张相片发在朋友圈，给父母和家人看到，让他们知道自己过得很好，好吃好玩的，不用担心。后面加的人多起来，才把家人建了一个群，私人的事情会发在群里。

　　我喜欢发朋友圈，是为了记录自己的生活，保存好的文章，无论是照片、文字，都记录着我人生旅途中的点点滴滴、所思所想。若干年后，当我翻看朋友圈，还能看到当初的容颜和生活，还能回忆起自己的梦想和希冀，我的人生，原来是这样的丰富多彩！

　　当我老了，坐在摇椅上，翻看朋友圈，仿佛又回到了年轻的时候，看到一直追求美的自己，一直努力向上的自己，一直自律的自己，能写出这么美好文字的自己，然后，嘴角微微上扬。我做过想做的事，爱过想爱的人，终于，我活成了自己喜欢的模样，没有辜负自己的人生！

　　当我离开了人世，我的文字、我的思想、我的灵魂，将永远留给我的孩子们，这个世界，我来过。

　　我喜欢发朋友圈，因为朋友圈是以文会友的好地方。我喜欢写作，因文结缘，认识了很多朋友，每天，我们用文字来沟通和交流，增进对彼此的了解和友谊。

文字，让我结识了优秀的朋友，他们是那样的努力和自律，激励着我，让我成为更好的自己。花样年华、齐帆齐、蒋坤元等是我的良师益友，我在文字中不断结识着新的朋友。

沉香红老师，是陕西省作家协会会员、陕西省散文学会会员、西安市作家协会会员、书海网签约作家、豆瓣专栏作者。出版了《苍凉了绿》《做自己的豪门》《你配得上更好的幸福》三本书。她曾在多所大学演讲，给数千名学员授课，上过中央电视台，是位美丽的传奇女子。

她21岁前往非洲安哥拉工作近两年，并学会了葡萄牙语。在物资匮乏、极度贫困的安哥拉，艾滋病、霍乱、疟疾、地雷、蜘蛛、毒蝎遍布。沉香红克服各种困难，在繁重的工作之余，坚持写文章。回国时，带回了12万字的稿件，整理后出版了首部散文集《苍凉了绿》，被大家称为"陕西三毛"。

2018年5月，沉香红与著名作家贾平凹相见。贾老师送给她的寄语是："愿每一个心有繁花的姑娘，都被命运温柔以待，万水千山，终获幸福！"

莲韵老师，山东省作家协会会员、美文作家，著有散文集《做一朵凡花，优雅独芳华》《等你，是一树花开》《向美而行》。她的文章古典、唯美，诗词歌赋信手拈来，读起来清丽婉约，充满诗情画意，又富含人生哲理，我非常喜欢。

春暖花开老师，花开心灵驿站主编、中国散文网编辑、散文吧总编，有多篇文章被收录高中随堂笔记和中考模拟试卷习题，已出版散文集《聆听，花开的声音》。她的散文清新、淡雅、柔情、缱绻，在柔美中给人以启迪，我经常在朋友圈转发。

还有很多优秀的老师朋友，我们在朋友圈聚会。这样的朋友圈不仅可以让我学习，还能带来正能量，让我信心十足。我知道我不孤单，比我优秀的人都比我努力百倍，我还有什么理由懒惰不前呢！

用心打造出来的朋友圈，可以给人赋能，让人走过阴霾，走出迷茫，走向目标，走向新生。

微信朋友圈，让我离喜欢的人更近一些；微信朋友圈，让我变得更优秀；微信朋友圈，实现梦想的地方，一路上有你，人生更精彩！

你值得拥有更好的

几米说:"上天没有给你想要的,不是因为你不配,而是你值得更好的!"

愿你,一如既往,努力向上,经历了许许多多的不公平,许许多多的挫折打击,请不要灰心丧气,曾经的付出和辛劳不会白费,那些打不倒你的,终将让你更强大!

那些挫折打击,那些轻视嘲笑,让你深刻看清了社会,看透了人性,让你更清楚地认识到自己没有足够优秀。当你足够优秀的时候,无人能阻挡你的光芒,所以,你要努力!

你要努力学习、工作和生活。学习使人进步,学习令人强大,只有终身学习,才能不被社会所淘汰,学到的知识,才是真正属于你的财富,金钱会失去,而印入脑海的知识永远不会被别人夺走。

你要认真地工作。对自己的工作负责,不管遇到什么困扰,心中都有一把尺子,做到无愧于自己的职责,无愧于自己的良心。

你要努力地生活。人的一生,只有短短的三万多天,你要努力把三万多天过得丰富多彩,而不是日复一日,今天重复昨天。

愿你,一直善良下去。善良,是一个人最大的美德,是人性最耀眼的光辉。生而为人,你务必善良!

周国平说:"人啊,你要有善良的心,丰富的心灵,高贵的灵魂,这样你才无愧于人的称号,你才是作为真正的人在世间生活。"

你要一直拥有善良的心,让每一个生命都得到应有的尊重,共享阳光雨露。当弱小者遇到危难的时候,你会义无反顾伸出援手,让他们感受到这个世界的温暖和友善。

愿你善良,但有着底线,带着锋芒,你的善良很贵,不能浪费,只给那些值得的人,对于丑恶的坏人,你的善良要永远对他们说"不"。你要懂得,对坏人善良只会进一步助长了恶,让他们更加肆无忌惮。

愿你,永远怀有一颗正直的心,明辨是非,追求真善美,鞭挞假丑恶,永远会为公平和正义发声。正是有了千千万万胸怀正义,敢和邪恶与强权作斗争的人,才能惩恶扬善,让更多的人享有平等的权利和机会。

一个正直的人,会诚实守信,会说真话,不会为了利益而违背良心,不会事不关己高高挂起,不会是非不分,麻木不仁,会坚持正确的事情,义正词严,和一切不良的行为作斗争,不卑躬屈膝,永葆自己的人格和尊严。

愿你,不管经历多少风风雨雨,受到多少伤害打击,都不要忘了初心。在圆滑的世界里,依然秉持自己的原则,不人云亦云,不随波逐流,在俗世中,做一股清流。

愿你,虽为平凡的人,但能做不平凡的事。你不会锦上添花,但你会雪中送炭;你不会仰视权贵,但你会悲悯弱小;你不会歌功颂德,但你会知恩图报;你不会甜言蜜语,但你会情深义重。别人对你的关心和支持,你铭记在心,永远都不会忘记。

在这个复杂的世界里,你活得通透和简单。你知道,人人都是平等和相互的。你尊重我,我便尊重你;你对我好,我便对你好;你对我怎样,我便对你怎样。你的世界,如孩童时的简单明了。

你不会套路,不会虚伪,不会八面玲珑,做最简单的人,吃最简单的饭，过最简单的日子。你就是你，不媚俗，不迎合，不讨好，活成天空中最绚烂的烟火。

愿你，既有盔甲，又有软肋，能抵挡残酷现实、狂风暴雨，又能为一句暖心的话而泪流满面，既有大男人的胸怀，志向高远，又有小女子的情怀，柔情似水。

愿你，一直独立自强，不依附，不将就，自己花钱自己赚，化着美丽的妆容，穿着漂亮的衣服，踩着精致的高跟鞋，卡里有足够的余额，拥有前行的自信与勇气。

愿你，一直美美的，拥有美丽的容颜、美丽的思想、美丽的灵魂、美丽的服装，只向美好低头。一个追求美好的人，最终会遇见美好的人、美好的事，让美好一生相随！

愿你，一直做自己，红尘烟雨，不会侵蚀你，永远怀有一颗少女心，清新、明丽，不会让功利蒙蔽了眼睛，变得油腻、世俗，成为自己讨厌和憎恶的人。

愿你做自己喜欢的事，爱想爱的人，和志同道合的朋友在一起，和所有喜欢的一切交往，过想象里的一百种生活。

愿你，活得开心快乐，活得肆意洒脱，活得独一无二，因为，这世上只有一个唯一的你！

愿你，能穿过漆黑的夜，走过坎坷的路，渡过湍急的河，收获你想要的人生！

愿你在每一个拼命努力的日子都能被温柔以待；愿你受过的所有苦痛，最终都会变成这世界赠予你的礼物。相信，你所有流下的泪水和汗水，终会浇灌出馥郁芬芳，命运终将不会辜负有心人。总有一天，你会收获属于自己的春天和累累硕果。

亲爱的，你要努力让自己变得更好。你若盛开，清风自来；你若精彩，天自安排！

这世间所有的美好终将属于你，你值得拥有更好的！

第六章 追梦路上，让灵魂发光

愿每一个心有繁花的姑娘，都会被世界温柔以待

2019 年 1 月，齐帆齐老师的新书《追梦路上，让灵魂发光》出版发行了，这真是一件值得高兴的事情，祝贺齐帆齐老师！

我马上订购了两本，一本我看，一本给女儿看。这样励志的书籍，对每一个人都是极大的鼓励。

收到书，我惊喜地看到，齐帆齐老师在上面题了字："珠珠，你是温暖善良之人，感恩相遇！"

齐帆齐老师，是一个重情义的人。

拿到书，看到封面就很喜欢，颜色淡雅，画面简洁大方，左上角有一段话：人生是一场旅行，有遥望无期的梦想，有唾手可得的忧伤，谁不是，一边奔跑，一边向往，擦干泪水，迎着阳光。这应该就是本书的主旨吧！

全书分为四部分。

第一辑，"我的生活我的路。"写了作者的一些经历和往事，以及怎样走上写作的道路。

第二辑，"谁的逆袭不带伤。"写了作者的二妹、与君成悦、飘扬的鹅毛、吧啦、沉香红、赵美萍等各位老师的故事。她们大多出身贫寒，通过自己的不懈努力而破茧成蝶，活得光芒闪耀。

第三辑,"追梦人。"写了小隐姑娘、庶人米、一紫、一河漪沫、别山举水、王恒绩、红娘子、蒋坤元老师。他们都是平平凡凡的人,因为心中有梦,为梦想而奋力拼搏,最终实现了梦想,成就了不平凡的人生。

第四辑,"能飞多远就飞多远吧。"写了懂懂、卖面条的夫妻、创业公司老板、做工程的小舅、开油漆店的朋友、开花蛤店的温州人、电缆销售大王。为了生活,每个人都在打拼,有人拼出了一番事业,有人仍为生存奔波,但他们身上敢于拼搏、吃苦耐劳的精神,永远值得我们学习。

齐帆齐老师的文字清新、朴实、接地气,大多写的是平民"草根",不屈服于命运,和贫穷不幸作坚决的斗争,历经艰辛,最终逆袭飞扬。

齐帆齐老师写的故事主人公多为女性。她们坚强、独立、努力向上。都有一个共同的特点:喜欢读书,爱好写作。很多人通过文字而结缘,有趣的灵魂,远隔千山万水,终会相逢。

齐帆齐老师写的故事,都很励志,她本人就是一个极其励志的人。

齐帆齐老师家境贫寒,年幼时父母就去世了,留下三姐妹艰难度日,初中不得不辍学,外出打工、开小吃店、摆摊……历尽艰辛,在闲暇的时间里千方百计看书学习,2016年开始写作,从此走上文学道路。

2017年,齐帆齐老师在"简书"平台脱颖而出,成了荔枝微课认证讲师,多家平台的签约作者,成为网络红人,出版了《我的草根奋斗故事》《人生没有太晚的开始》两本电子书。2019年1月出版了实体书《追梦路上,让灵魂发光》,洒下的汗水有了丰硕的成果。

那时,齐帆齐老师是中国散文学会会员、安庆市作协会员,在《人民网》《哲思》《皖江在线》等大型刊物发表文章,曾接受多家自媒体的专访,被称为"励志女神",网络学员近万,鼓励了千千万万的人。

齐帆齐的二妹齐梅齐,带着两个孩子在县城生活。在姐姐的带动下,2017年开始在网络上写作,发表文章,主要分享自己做美食的心得,配上美食图片。那些美食，造型美观，看了让人垂涎欲滴。

2018年4月，齐梅齐成为美食平台签约美食达人。她经常受平台邀请，做在线视频直播。视频可以在平台上销售，又有了一份收入。

2018年上半年，齐梅齐受北京生活频道《快乐生活一点通》节目编导邀请，去拍摄美食节目，扩大了知名度。

为了拍出更好的美食图片，齐梅齐又学习了摄影。由于聪明好学，拍摄的图片美观大方，深受大家喜爱，很快成为美食摄影师、公益摄影师、摄影协会会员、中国图库签约摄影师、图虫签约摄影师，并成为荔枝微课的签约讲师，有了好几份收入。

齐帆齐的小妹齐冰齐，15岁便去打工。在打工期间，自学了日语，又自考了专科和本科学历，成了一位白领，并开了一家公司，为20多人提供了就业机会，过着中产阶级的生活。现在，齐冰齐是一位宝妈，不仅事业有成，还收获了自己的幸福。与君成悦、齐帆齐和蒋坤元老师，一起创建了"齐悦梦想社群"，为爱好文字的人们建起了一个温暖的家。

与君成悦老师中文科班出身，曾在北大深造，是当地作家协会会员，当过记者，做过编辑，才华横溢。

与君成悦老师的先生是北大才子。他们在北大相识、相知、相爱，结婚后先生跟随与君成悦老师从北京来到广西工作。因精准扶贫，下派到靠近越南的一个贫困村当书记。与君成悦老师跟着大家一起喊他"刘书记"。

两地分居，与君成悦老师成了女超人，怀孕期间创作了50万字，累计创作数百万字。她一人带两娃，每天读百页书、写3000字。她曾在怀二宝时，最高峰一月写到20万字，成为平台签约大V。

这样一位励志宝妈，北大才女，写作、出书、授课，生活井井有条，忙碌而充实。这样的人生，是让人羡慕又敬仰的人生。

沉香红老师上学时学习不好，严重偏科，理科成绩全班倒数，标准的"学渣"一枚，为此受到老师和同学的讽刺嘲笑。17岁读完高一，执意退学。她家人安排她去甘肃平凉某建筑工地看护搅拌机，一年后调回西安总公司。2010年，她不顾家人反对，去非洲安哥拉援助铁路建设，那时，她21岁。

沉香红在安哥拉负责仓库清点工作，工作繁重而艰巨，工作两年间，她学会了葡萄牙语。她克服各种困难，在繁重的工作之余，坚持写文章，出版了散文集《苍凉了绿》，被大家称为"陕西三毛"。

赵美萍老师，是从苦难中浸泡长大的。父亲因打青霉素过敏早逝，母亲带着她和妹妹饱受欺凌。后母亲改嫁异地，她随母亲来到新家，继父家非常贫穷，父母经常吵架。

因交不出学费，美萍放弃了上重点初中，跟着继父上山砸石头。14岁的她，成了最小的采石女。每天扛着10磅和18磅重的两把铁锤，和成年人一起，干着最苦最累的体力活。休息的时候，就拿出书来看。

即便这样，生活依然贫困，后母亲又生病，家里更是负债累累，夫妻成天吵得鸡飞狗跳。美萍对苦难生活绝望极了，多次想自杀，终因放不下多病的母亲和可爱的妹妹而放弃。

19岁那年，她和老乡到上海打工，先后在服装厂、广告公司工作，业余时间坚持读书写日记。她心里一直有个作家梦，不停地写，不停地改，并向报纸杂志投稿，从屡被退稿到百发百中，先后在《保山报》《萌芽》《知音》《上海故事》等多家报纸杂志发表文章。

美萍从小学学历的打工妹到中日合资服装企业的白领，业余发表文章，成了打工妹中的励志代表，被报纸和电视台相继报道。

机缘巧合，美萍听到《知音》编辑说要招募编辑，就去报名，面试的10个人除了她，最低学历是中文系本科毕业生，其中不乏研究生。

美萍克服恐惧和自卑，站在考官面前，把自己的经历一一道来，说我的苦难就是我的大学。她的经历打动了考官，经层层面试，28岁的赵

165

美萍成为《知音》杂志的编辑,那是1998年。《知音》是全国发行量最大的知名杂志。

2003年,美萍的纪实传记《我的苦难我的大学》,获得了大奖,中央电视台《半边天》全面报道了她的励志事迹,引起了极大的轰动。

有位成功儒雅的美籍华人,通过报道认识了美萍,二人情投意合结为伉俪。后美萍随先生移居休斯敦,成为《知音》海外版编辑。

齐帆齐笔下的传奇女子,没有被苦难的命运打倒,而是奋起反抗,和残酷的现实命运作斗争,活出了自己的价值和精彩。

愿每一个心有繁花的姑娘,都会被世界温柔以待!

如果你想知道这些美丽女子的传奇经历,增添一份和现实对抗的勇气,请读一读齐帆齐老师的这本《追梦路上,让灵魂发光》,它会给你智慧和启迪!

读蒋坤元老师《沉到河底就能采到珍珠》

没能参加蒋坤元老师2019年6月30日和7月6日的新书发布会，但蒋老师的新书《沉到河底就能采到珍珠》，带着墨香来到我的身边。

新书的封面清幽典雅，一眼看上去就非常喜欢，上面有一段字："你要懂得，在漫长的人生旅途中，努力学会谦卑，把自己深深地埋入泥土里，再从泥土里发芽，开出美丽绚烂的花朵。"这是蒋老师的人生写照，更是本书要告诉我们的道理。

蒋坤元老师是江苏省苏州市渭塘镇人，苏州乡土文学代表，是企业家中笔耕不辍的作家、作家中乐善好施的企业家。

蒋坤元老师现为中国散文学会会员、江苏省作家协会会员、苏州市作家协会会员，坚持写作40年，出版了小说、散文30多部，在报纸杂志上发表文章数千万字，取得了让人瞩目的成就。

蒋老师的《沉到河底就能采到珍珠》，语言自然、朴实，就像面对面坐在一起唠家常，文章短小精悍，又富含人生哲理，给人以深深的启示。

蒋老师写了江南水乡的风土人情，小时候捉鱼摸虾的乐趣，母亲的勤劳贤惠，父亲的诚实守信，家乡民风淳朴，乡亲们和睦相处，结下了深情厚谊。写了当兵、创业过程中发生的故事，还有一些助人为乐的温暖故事。

《沉到河底就能采到珍珠》分为七辑，每一辑的标题都集中体现一个主题：奋发努力。不甘贫穷落后，不甘被人轻视，不甘一事无成，还不甘落后于妻子，所以蒋老师决定创业。

十多年，蒋老师遭遇挫折打击，历经艰难困苦，终于创业成功，成为苏州知名的企业家，并实现了他说过的话："做苏州最有钱的作家。"

没有谁的成功是轻而易举的，谁不是一身汗水、一身泥泞，跌跌撞撞，浑身伤痛，泪水和着血水，在绝望中咬牙坚持，最终从黑暗走向光明，迎来生命的曙光。

蒋老师15岁时，暑假里去河底摸河蚌，有小伙伴不敢去，只有他胆大心细，潜入深深的河底摸蚌。坚持很多天，摸到了100多只珠蚌，把珍珠采出来卖了，竟得到260元钱。这在当时，一个壮年劳动力一年挣的工分也没有这么多。

从那时起，蒋老师知道，只有付出辛勤的劳动，才能有所收获；只有不怕艰险，才能实现人生的梦想。

18岁，蒋老师去当兵。开始在修理班，然后调到炊事班。烧饭有什么出息，蒋老师躲在被窝里偷偷流泪。司务长见他情绪低落，用张海迪的故事激励他。蒋老师认识到自己错了，积极性高涨，努力练习厨艺，年底，被评为"学雷锋标兵"。

因喜欢写作，蒋老师又被调到团部宣传股，下连队，采写新闻报道，稿子上了《新华日报》《姑苏晚报》和部队报刊，在部队有了很高的知名度。

当兵五年，蒋老师退伍回到家乡，进了乡工业公司当文书。一年后，乡里精兵简政，蒋老师被下放至蛇皮厂做出纳，受尽了蛇农老板的欺负，那种伤痛刻骨铭心。

蒋老师在受尽轻蔑时写下了一首诗：

我一身疲惫／又在担心老天变脸／我一无所有／怎么样在异乡种植珍珠／怎么样像鸥鸟翻飞／方向倦怠／目标离我更远／我看见那些高贵者／鄙夷地指着我说／这就是这个时代的奴隶／我痛苦／我愤怒／我号叫／我说绝不／我当是未来的主人／你们等着瞧吧／我要／我要把一切的嘲笑踩在脚下

　　蒋老师后来跟着妻子的哥哥跑供销，年薪10多万元。在20世纪90年代算是高工资了，但妻子是一家企业的销售老总，工资比蒋老师高，还开着小车，蒋老师只是骑摩托。不甘示弱的蒋老师下定决心开厂，但妻子不赞成，所以不管什么苦他都只能自己默默承受。

　　2002年，蒋老师在一个不到100平方米的小屋里开始创业，一张办公桌都没有，骑一辆南方摩托，打开摩托后备箱在上面办公。

　　2003年7月，新厂房建好了，蒋老师才搬出了小屋，生意慢慢地发展，越做越大。2006年，蒋老师举债千万元在阳澄湖买地建房，刚建好又碰到金融危机，蒋老师一个人扛着巨大的压力，挺过了那段艰辛的时光，终于迎来了柳暗花明。

　　蒋老师说："不说苦，就是要努力，就是要坚持，就是要一往无前。男儿无泪，男儿有泪不轻弹！"

　　现在蒋老师事业有成，资产过亿，但他一直谦逊低调，默默地做好事，帮助那些遇到困难的人，还经常到贫困山区捐款捐物，是远近闻名的慈善家。

　　能认识蒋老师，是多么的荣幸，我从来不迷信偶像，但蒋老师是我的偶像，永远值得我学习和尊敬！

　　下面是蒋老师书中的一些经典语录，从中可见蒋老师的高尚品德和拼搏精神。

稻穗成熟，头自然低下，只有那些不成熟的稻穗，才会在风中高昂着它的头，有的人就像这种不成熟的稻穗，最后被人轻视。一个人学的东西越多，维持生命力的时间才会越长久。

生活当中，有些人时常说自己败在心态上，状态不佳……其实，这些失败的原因都源于我们的心，源于我们缺少突破自己的一种勇气。

一个人只有埋头做事，有所作为，最后才能出人头地。

捧着一颗真诚的心，期待看到你一双真诚的眼睛，无论经商，抑或做人。

要做一个诚实的人，不做欺骗别人的事，还要做一个乐于助人的人。诚实和善良，应当是这个世界不可缺少的品质，无论世界怎么变化。

甘甜的苹果，长在墙外

看了蒋坤元老师的新书《我就是那一只墙外的苹果》，心里有感动，更多的是力量，一种催人奋进的力量！

蒋老师，总是给我希望和前进的力量。他的文字朴实无华，写自己的故事，写同学、朋友和身边人的故事，娓娓道来，没有华丽的词语，没有渲染的情节，平平常常、从从容容，一个个平凡故事中却蕴含着深刻的人生感悟和生命哲思。

他的文字，亦如他本人，谦逊、低调、朴素，却又充满让人振奋的精神和力量。

我多次写过蒋老师，一次又一次感动，为他的善良、正义、顽强和不屈！他，就是那一个墙外的苹果，曾经卑微、弱小，无论狂风暴雨，还是电闪雷鸣，无论霜雪压顶，还是烈日当头，始终不屈不挠，傲然挺立，迎着风雨不断成长，最终长得枝繁叶茂，结出了甜美的果实。

蒋老师是知名的作家和企业家。他的成就，让人敬仰，而最值得我们钦佩的，是他的人品和精神。

一、良好的家风，培养了蒋老师诚信、善良的好品德。

蒋老师的父亲，当过多年大队党支部书记，他勤勤恳恳，任劳任怨，为民造福，两袖清风，赢得了乡亲们的尊重和信任。

2006年，蒋老师在阳澄湖投资土地建造厂房，当时，蒋老师自有资金很少，只能向别人借钱。

村里的群众闻讯后，纷纷主动借钱给蒋老师，他们知道蒋老师父亲的为人，把钱借给蒋老师，他们放心。

有个村民拎了20万元现金，找到蒋老师说，这是我刚接到的工程款，我没有什么大事需要用钱，你拿去用吧，随便你什么时候还我好啦。

蒋老师说，我借的钱已经够了。村民说，别人出高利贷我都不借，我就是相信你！

蒋老师没有收下他的钱，他很不高兴，但他逢人便说，你们借钱给老蒋的儿子，你们一百个放心！

老蒋的儿子是谁，那就是蒋老师呀！

父亲的诚实守信，像一块金字招牌，深深地矗立在村民的心中。他们信任老蒋，也信任小蒋，因为好的人品、好的家风，会世代相传。

有位名人说过："世界上最聪明的人是最老实的人，因为只有老实的人才能经得起事实和历史的考验。"

蒋老师的儿子晴谷四五岁的时候，因为喜欢吃南瓜，有一天，把邻居田里的大南瓜拖回家。蒋老师下班看见后很生气，叫晴谷把南瓜拖回去。

那只南瓜有十多斤，对一个小孩子来说，拖回来已经很不容易，再拖回去是非常困难的事情。蒋老师母亲疼惜孙子，抱起南瓜准备送回邻居。

蒋老师不允许，坚持让儿子拖着南瓜回去。晴谷不愿意，大哭。蒋老师用扫帚打了他的屁股。妈妈回来也支持爸爸的做法，让儿子拖着南瓜送回去。

晴谷一边哭，一边使劲拖着那只大南瓜，拖了20多米。邻居看见不忍心，说小孩子喜欢吃南瓜，南瓜就送给他们了！

蒋老师没答应，一定要儿子把南瓜送回地里。通过这件事，蒋老师给幼小的儿子上了一课：不许私自拿别人家的东西。

蒋老师说："诚实和善良，应该是这个世界不可缺少的品质，无论世界怎么变化！"

正是严格的家教，让晴谷既努力上进，又正直善良，传承了蒋老师的好品格，成为蒋老师事业的继承人。相信，蒋老师的工厂一定会红红火火，一年更上一层楼！

二、意志坚定，目光长远，勇于拼搏，不畏艰险，蒋老师排除万难，努力开创自己的事业。

蒋老师18岁去当兵，当兵五年退伍后，在乡工业公司当文书，后下放至蛇皮厂做出纳。有一次跟着蛇农老板去收款，人家在饭店招待他们吃饭。蒋老师刚坐下，蛇农老板轻蔑地一笑，手指着他说："我们都是老板，饭桌上轮不到你！"

蛇农老板品行不端，经常损公肥私，自然容不下蒋老师这样的人。为了赶走蒋老师，他竟然勾结司机诬蔑蒋老师涂改发票，这真是奇耻大辱啊！

这样的轻视凌辱，让蒋老师终生难忘。他当时就下定决心，一定要努力强大自己，让别人不敢再任意欺凌！

泰戈尔说："只有经历过地狱般的磨砺，才能练就创造天堂的力量；只有流过血的手指，才能弹出世间的绝响！"

蒋老师后来在阿舅手下跑供销，年收入有十几万元，在20世纪90年代，这算是高收入了，但蒋老师不甘心就这样过一辈子，他要自己做老板。

2002年，蒋老师"下海"办厂。开始阿舅不同意，妻子不同意，蒋老师只好一人挑起所有重担。后来，阿舅和妻子还是给了很多的支持。

2006年，蒋老师做出了人生中最重要的一个决定，到阳澄湖买地建厂房。而买地和建厂房的钱近3000万元，都需要向别人借，阿舅一出手借了1000万元，乡亲们也主动借钱给他。

蒋老师用人品赢得了亲戚朋友和乡邻的信任，大家都愿意支持他，成为他创业的坚强后盾，特别是阿舅，给了蒋老师极大的帮助和鼓励。

蒋老师创业办厂历经千辛万苦，一个人守夜看厂房大半年，骑摩托摔跤，发生多次工伤事件，做生意中钩心斗角和欺瞒诈骗，真是步步惊心，商场如战场，一不小心就会满盘皆输。

最严重的是2008年，遇到金融危机，蒋老师在阳澄湖建好的两万多平方米厂房，大部分租不出去，没有了收入，建厂房的3000万元借款，连利息都付不出来呀！

蒋老师真是焦急万分，压力巨大。他说自己像被阳澄湖的水淹没了，拼命挣扎，千方百计才从湖底浮起来。

生活曾把蒋老师逼到了悬崖边上，无论怎样的艰难困苦、挫折磨难，蒋老师都挺过来了，然后，逆风飞扬。

天将降大任于是人也，必先苦其心志，劳其筋骨，饿其体肤，空乏其身，行拂乱其所为，所以动心忍性，曾益其所不能。

一个人要成功，必须具备野心、远见、格局、决心、能力和坚持。

蒋老师做到了，所以，他成功了！

三、谦虚低调、朴实无华，蒋老师是时代的楷模，是我们学习的榜样！

蒋老师是一个苦孩子，不甘心平平庸庸、浑浑噩噩过一辈子，竭尽全力和命运抗争。如今，成为亿万富翁和知名作家，受到人们的尊重和敬仰。曾经轻视他的人，而今不知作何感想？

他们也许飞黄腾达，也许一落千丈，三十年河东四十年河西，笑到最后的人，一定是品行高尚的人。

杨绛先生说："唯有身处卑微的人，最有机缘看到世态人情的真相！"

蒋老师看透世态炎凉、人情冷暖，仍然怀有一颗赤诚善良的心，在这个物欲横流的社会，是多么难能可贵！

蒋老师成为亿万富翁，还清了几千万元借款，并且在协议基础上，多付给乡亲们很大一笔利息，感谢乡亲们对自己的支持。

知恩图报，是蒋老师做人的原则！

如今的蒋老师，仍然开着一辆面包车。这辆面包车，蒋老师开着送货十多年，仍然不舍得丢掉。他给儿子买了豪车，他说，这样不浪费，等儿子不开的时候，把车下放给他，他再淘汰这辆旧车。

蒋老师穿着朴素，开着旧车，吃着不起眼的小饭馆，更多的时候，是自己做饭。蒋老师坦言，几十年里，因妻子工作忙，都是他承包一切家务和做饭。

这就是亿万富豪蒋老师，不认识的人，根本不会相信！

蒋老师勤俭节约，从不乱花钱，他对自己很抠门，对别人却非常慷慨。他和阿青阿姨经常到贫困山区给困难的群众捐款捐物，一捐便是几十万元。蒋老师是虔诚的佛教徒，更是远近闻名的慈善家。

齐帆齐老师的线下见面会，蒋老师的新书发布会，很多文友都参加了。凡是见过蒋老师的人，都对他啧啧称赞。蒋老师真诚、热情、平易近人，细心照顾每一个人，请大家吃饭，还送大家礼物。

这样的蒋老师，谁不喜欢，谁不敬仰？文友们一篇篇热情洋溢的文章从手指流出，淋漓尽致地表达了对蒋老师的热爱和崇敬之情！

蒋老师的人品、蒋老师的精神，值得我们永远学习。我期盼，有一天能和蒋老师见面，再次聆听蒋老师创业和写作的故事，再次感受蒋老师非凡的人格魅力！

你的光芒，是自己给的

为什么有的女人，不管年龄多大，却活得精致美丽、光芒闪耀、气度不凡，而有的女人，年纪轻轻便身材臃肿、神色黯淡、眼神无光？

有人说，那些气质高雅的女人一定是富婆，我也想和她们一样，可是我没钱！

你以为那些光彩照人的女人都是"富二代"？其实，她们很多人并非出生在富贵之家，而是通过自己的努力，变成了"白富美"。

出身平凡的女孩，可以接受命运安排，庸庸碌碌过一生，也可以奋起反抗，选择一条奋力攀登的路，活成自己喜欢的模样。

你我皆凡人，但可以活得不平凡，亲爱的女孩们，怎样破茧成蝶？来看一看这本书《余生，做一个自带光芒的女子》。

本书作者格姐，是畅销书《越独立，越高贵》的作者，300万"粉丝"公众号 go go Daily 主笔作者，曾远赴海外留学前后长达7年，本科设计专业毕业，后攻读商科研究生，做过模特，创过业，阅尽千帆，尝遍冷暖，终投身写作，成就自我。

格姐，致力于女性的自我成长，用温暖细腻的故事、走心治愈的文字，带给千万女性追求美好生活的勇气。

这本书分四个版块：一是"享受独处，别浪费爱"；二是"若想精彩，那便可爱"；三是"不必讨好，自带光芒"；四是"你的'言'值，决定气质"。

努力、自律、坚强、独立、善良，坚持做自己，干净澄澈，当你具备了这些素质，就会由内到外散发出迷人的光彩！

齐帆齐老师，就是这样努力、自律又上进的女子。她出身贫寒，年幼时父母双亲就去世了，留下三姐妹艰难度日，初中不得不辍学，外出打工，开小吃店，摆摊，历尽艰辛。

在服装厂打工，齐帆齐老师一天上十六七个小时的班，除了吃饭睡觉，整天像机器人一样辛苦劳作，筋疲力尽，前路渺茫，苦苦挣扎，无尽悲伤！

后来，齐帆齐老师又去摆摊卖早点，起早贪黑，风吹雨淋，遇上城管，像小偷一样东躲西藏。为了生活，到处奔波，吃尽苦头。

在那样困苦的日子里，齐帆齐老师没有被命运压垮。她千方百计挤出时间看书学习，坚持写日记。那些苦难，成为照亮生命的光。

2016年，齐帆齐老师开始写作，从此走上文学道路。通过自己的奋力拼搏，从一个贫苦的打工妹，成为写作讲师，网络学员近万，鼓励了千千万万的人。

齐帆齐老师的学员里，有上市公司高管、集团财务总监、省重点高中老师、"985"大学硕士、中国科学院博士，有资产数千万元以及过亿元的企业家。学员遍布挪威、德国、美国、英国、新加坡等11个国家。

如今，齐帆齐老师温婉高雅、端庄大方。这个历经磨难的女子，用不懈的努力，书写出人生绚丽的篇章，让自己的生命，闪闪发光！

百万畅销书作家李筱懿，用一股子无人企及的"狠劲"开创了自己的传奇人生。

2001年，李筱懿从安徽大学中文系毕业，进入一家国际营销咨询公司做总经理秘书。她从小事做起,每件事都精益求精。

三年后,李筱懿拥有了人力资源总监和培训总监两个头衔,是公司唯一的终身荣誉员工奖获得者。在工作如日中天的时候,她却选择了离开。

2004年,李筱懿以第一名的成绩,考入《安徽商报》做财经记者。因业绩超人,短短三个月,李筱懿就被慧眼识珠的社长以"特殊人才"直接调入刚刚组建的广告中心,成为一名职业广告人,任安徽商报广告中心副主任。她带领自己的团队,创造一个又一个辉煌。

李筱懿在繁忙的工作之余,写出多本畅销书,成为"畅销书作家""女性情感励志作家""情感专家"。每天给女孩讲一个故事,给处于迷茫中的女孩以心灵的启迪,指明人生的航向。

2014年,出版首部女性励志散文集《灵魂有香气的女子》,销量300万册;2015年4月,出版《美女都是狠角色》;2016年4月,出版《先谋生,再谋爱》;2017年3月,出版《在时光中盛开的女子》;11月,出版《情商是什么》。

2016年1月22日,李筱懿入选2015"当当年度影响力作家"文学贡献榜;2017年8月,获得安徽省青年先锋称号;同年12月,获得安徽互联网盛典年度女性榜样人物奖。

李筱懿在出版多部畅销书的同时,创办公众号"灵魂有香气的女子",开通视频号"李筱懿",在微信生态圈、抖音短视频、微博、小红书等平台累计用户超过2000万。

李筱懿这样光芒闪耀的时代女性,也有过人生的低谷,因传统媒体走颓,36岁的她半失业,开文化公司倒闭,做投资亏了钱,生活一片灰暗。

李筱懿很快调整心态,往网络方向发展,坚持每天4:45起床,写2500字的文章,读书4万字,每年出版一本书,并赢得了广大读者的喜爱，成为畅销书作家。

在写书的同时，李筱懿创业成功，带领"女子队"创造电商每月超2000万元的成绩，两年价值达到3亿元。

没有谁的人生，是一帆风顺的；也没有谁的人生，是躺着稳赢的。谁不是一边跌倒，一边成长，一边哭泣，一边奔跑。命运，永远只会眷顾那些流着热泪，而一直奋力向前的人！

李筱懿在书中写道："那些长得漂亮、干得漂亮、活得漂亮、想得漂亮的家伙，都是狠角色！"

只有对自己狠的人，才能活成最美的模样！

格姐说："你要想成为什么样的人，就去和什么人做朋友。"

我2017年跟随齐帆齐老师学习写作。五年来，不仅认识了很多优秀的老师，学到了很多知识，重要的是，开阔了眼界，看到了诗意和远方，原来，人生可以活得如此丰富多彩！

我会在写作的路上，一直追随齐帆齐老师，坚持，不放弃，相信有一天，也有属于自己的鲜花绽放！

不甘平凡的女孩们，当你还在迷茫的时候，来读一读这本《余生，做一个自带光芒的女子》，让自己美好又绚烂，温暖自己，又照亮别人，不负生命，不负时光！

《主角》：一个女人的辉煌，是万箭穿心后的生命涅槃

人，谁都想活得光鲜亮丽，名利双收，做社会的强者，做舞台的主角，但是，有多少的光芒万丈，背后便有多少的血泪交织；得到多少的赞美，便要承受多少的诋毁！

主角并不是那么好当的，小说《主角》写尽了主角历经磨难、悲欢离合的人生。

《主角》是陕西作家陈彦的一部史诗般巨作，荣获第十届茅盾文学奖。

《主角》写了秦腔名伶忆秦娥跌宕起伏的一生。酸甜苦辣，爱恨情仇，个人的命运生死，秦腔的起落沉浮，被作者融入社会的洪流中，谱写了众生万象和世态炎凉。见他起高台，又见他台塌了，世人小民、芸芸众生，被时代大潮挟裹着滚滚向前。

人是渺小的，又是伟大的，千千万万的平民百姓创造了历史，推动着历史不断前进，又在历史的风尘中灰飞烟灭了。

这是一本动人心魄的命运之书，一曲勇猛精进的生命的深情赞歌，一段照亮吾土吾民文化精神的"大说"，一幅芸芸众生在世经验的恢宏画卷，一阕浩浩乎生命气象的人间大音，一部气势磅礴的现实主义鸿篇巨制。

陈彦是一级编剧，中国作家协会会员，曾创作《迟开的玫瑰》《大树

西迁》《西京故事》等戏剧作品数十部，荣获"曹禺戏剧文学奖""文华编剧奖"，入选国家舞台艺术精品工程"十大精品剧目"。

陈彦是一位才华横溢的作家，著有长篇小说《西京故事》《装台》，其中《装台》被中国小说学会评为"2015 小说排行榜"长篇小说榜首，"2015 中国好书"，2017 年获首届"吴承恩长篇小说奖"。

陈彦耗时两年，创作长篇小说《主角》。小说一面世便引起巨大反响，于 2019 年 8 月，荣获第十届"茅盾文学奖"。

《主角》写出了主人公的风光绚丽和遭受的无尽诽谤。她在苦难中崛起，在流言中坚强，任凭风吹雨打，任凭伤痕累累，未被命运击垮，最终绽放为最美的秦腔之花！

一、放羊女忆秦娥

忆秦娥，开始叫易招弟，进入县剧团时，她舅胡三元给她改名为易青娥，出名后，又被剧作家秦八娃改为忆秦娥。

忆秦娥家在秦岭深处的宁州县山区九岩沟，从小放羊。她姐叫来弟，她叫招弟，从名字上看，就知道她父母迫切想要一个儿子，后来如愿以偿，生了个儿子。

1976 年 6 月 5 日，易招弟的舅舅胡三元来到她家。胡三元在县剧团敲鼓，县剧团招演员，他马上想到自己的亲侄女，急忙就赶来了。

当时，易招弟正在山坡上放羊，被她娘喊回了家。11 岁的放羊娃，蓬头垢面。在她舅的数落声中，她娘赶紧给她洗澡、梳头。

招弟一脸茫然，她想，到县剧团当演员，应该是她姐来弟的事，来弟比她漂亮、能干，她笨手笨脚的，天生放羊的命。

招弟问娘，这样的好事，为啥不让姐去？娘说，姐毕竟大些，更会做事，爹娘决定让她去，她舅也同意。

梳洗毕，她娘把姐的两个花卡子别在她头上，把姐藏在箱子里的一件绿褂子翻出来套在她身上，跟邻居借了一双白回力鞋给她穿上，就这样，易招弟跟着她舅走出了大山，开始了她的传奇人生。

那天，她舅给她改名为易青娥，因省城有个名演员叫李青娥，她舅说，不定哪天她就成了大名演了呢！

果然，后来易青娥成了闻名天下的大红人忆秦娥！

英雄不问出处，出身贫寒之人，抓住转变命运的机会，拼命努力，向上生长，绝地求生，华丽蜕变，只有不断强大自我，才能改变自己的命运。

不向命运低头，通过自己的奋力拼搏，易青娥用生命走出了一条辉煌之路！

二、忆秦娥的破茧

在舅舅胡三元的关照下，忆秦娥考入了县剧团，然后，开始了艰苦的练功生涯。

胡三元敲鼓敲得好，好多人唱戏都得巴结着他，否则，他一不高兴，就把你的戏敲砸了。

因技艺出众，胡三元脾气也很大，稍不如意便破口大骂，还多次用鼓槌敲掉了别人的门牙，惹出了很多祸事。

县剧团的两个漂亮女人，胡彩香和米兰，为争角色，一直明争暗斗。胡彩香是胡三元的相好，米兰为讨好胡三元，常常送东西给胡三元，惹得胡彩香大发雷霆，摔东西骂人。

胡彩香大大咧咧，性格泼辣，常常把胡三元骂得狗血喷头。不管怎样的咒骂，两人背地里又好得如胶似漆。

忆秦娥当时小，不明白怎么回事，胡老师一开骂，她常常胆战心惊，瑟瑟发抖，而她舅根本不当回事。多年后，忆秦娥才知道了事情的真相，为舅羞耻不已。

胡彩香算得上忆秦娥的启蒙老师，教她练嗓子、练基本功，米兰感恩胡三元的照应，也教过忆秦娥唱戏。

进入县剧团后，忆秦娥和其他学员一起，每天练嗓子、练劈叉、下腰，很多人痛得直哭，但忆秦娥能忍，哭也偷偷地哭，不让人看见。有些调皮捣蛋的男生，被教练打得杀猪一样号叫。

练功就一个字：苦。忆秦娥很多次想回家放羊去，但都被舅舅和胡老师阻止了。

在县剧团，有很多干部子弟，人长得漂亮，吃穿用度都很好，其中一个条件最好的女生，叫楚嘉禾，大家都说她是当主角的料。后来楚嘉禾成了忆秦娥的竞争对手，多次造谣诽谤，预置她于死地，几乎让忆秦娥身败名裂。当然，她也没有什么好下场。

还有一个男生叫封潇潇，长得高大帅气，在演戏中慢慢和忆秦娥产生了感情。忆秦娥由于自卑，不敢面对这份感情，而楚嘉禾又喜欢封潇潇，对忆秦娥更加敌视。几年后，忆秦娥调入省秦，封潇潇爱而不得，整日酗酒，成了一个废人。这个初恋，是忆秦娥一生的痛。

和楚嘉禾、封潇潇等城里人相比，忆秦娥就是一个地道的丑小鸭，又黑又瘦，天天穿着公家发的练功服，晚上洗，早上穿，因为她没有别的衣服可换。不像别的女生，不练功都穿着自己的衣服，打扮得花枝招展。自然，她们打心底里看不上忆秦娥这个土气的乡巴佬，时不时地嘲讽她。

由于自卑，和别人没有什么可比性，忆秦娥在她舅的督促下，埋头苦练基本功。

忆秦娥的命运，在舅舅胡三元出事后发生了重大转折。

演《洪湖赤卫队》时，胡三元制作土炮，为了增强效果，他自作主张多装了火药，结果把演彭霸天的演员炸死了，十多人受伤，他自己也受了伤，半边脸被烧煳。

胡三元因过失杀人，被判刑五年，忆秦娥受牵连，被贬到厨房当烧火丫头，烧火、洗菜、喂猪，干各种杂活，愈发被人歧视和欺侮。

厨房里有两个厨师，大厨宋光祖、二厨廖耀辉。宋光祖为人厚道，对忆秦娥很是照顾；廖耀辉奸诈狡猾，为争当大厨常常在背后捣鬼。正所谓，有人的地方就是江湖，就有争斗和算计，忆秦娥虽小，也清楚廖耀辉不地道。

有一天，廖耀辉竟然猥亵了忆秦娥，被宋光祖狠狠揍了一顿，那是忆秦娥一生的耻辱和伤痛。她的婚姻生活一直伴随着这个阴影，两次结婚都成了悲剧。在后来的日子里，楚嘉禾利用这件事，大做文章，疯狂造谣诬蔑，给忆秦娥以致命的伤害。

值得庆幸的是，在当烧火丫头的日子里，四个老艺人裘存义、苟存忠、周存仁、古存孝发现了忆秦娥的演戏天分，最重要的是她能吃苦。他们排除万难，认真教忆秦娥练功和演戏。

忆秦娥在灶门口住，在灶门口天天练功，在师傅们的悉心教导下，忆秦娥的技艺和唱功日趋精湛，终于在一次演出中一炮打响，重新当回了演员，并成了宁州县剧团的台柱子。

在各种巡演、会演中，忆秦娥都表演得精彩绝伦，人出落得越来越漂亮，被人们赞不绝口，名气也越来越大。

后来，老师们不仅给忆秦娥排了《白蛇传》《鬼怨》《杀生》等几部大戏，苟老师还给她传授了"吹火"绝技，能从口中喷出几十口火来。"秦腔吹火"是秦腔的灵魂，是最高超的"绝活"。

苟老师，在一次演出中表演吹火用尽了力气，累死了，而忆秦娥不辱使命，练成了"吹火"的绝世奇功。

为了让忆秦娥排出好戏，县剧团朱团长带忆秦娥去拜访了著名剧作家秦八娃。秦八娃对忆秦娥赞不绝口，夸她"色艺俱佳"，会成为秦腔界最闪亮的一颗新星，并预言一定会被别人挖走。

秦八娃答应为忆秦娥写戏,并给忆秦娥送艺名为"忆秦娥"。从那天起,易青娥才成为真正的"忆秦娥"。

不久,忆秦娥果然被省剧团挖走了,说要赶排《游西湖》,参加全国调演。

来到省剧团,忆秦娥等地县调入的演员依然被人看不起,各种排斥打压,导演间意见不合,钩心斗角,演员为争主角,头破血流。

忆秦娥两耳不闻窗外事,一心苦练基本功,不管别人的酸言咸语。楚嘉禾也调入了省剧团,又成为忆秦娥的竞争对手。

终于,忆秦娥以超人的技艺在人才济济的省剧团脱颖而出,当上了主角,名扬天下。

平民"草根",没有好的出身,没有人脉关系,想从底层的泥淖中翻身,活出人样,唯有拼命努力,紧紧抓住机会,付出超于常人千百倍的努力。没伞的孩子只能光着脚在风雨中奔跑,跑出绝境,迎来生命的曙光。

忆秦娥从放羊娃到烧火丫头,命运给了她一条路,可这条路坎坷泥泞,荆棘遍布,让她伤痕累累,鲜血淋漓,贫苦的孩子只有死命练功,在绝望中给自己一丝安慰。幸亏这世上还有对她好的人,胡老师和"忠孝仁义"四位老师,悉心教授她技艺,因为老师们看到她能吃苦,是个可造之才,才倾情相授。

自己才是自己的救世主,忆秦娥如果没有练就过人的绝技,也不可能重回舞台,当上主角,实现人生的"逆袭",从丑小鸭变成白天鹅。

机会,总是留给有准备的人;命运,靠自己改变;人生,靠自己开创!

三、忆秦娥的荣辱

忆秦娥由于技艺出众,在县上表演大受欢迎,到北山地区汇报演出一炮打响,掌声不断,好评如潮,在全区会演拿了第一名。忆秦娥的美貌万众瞩目,被记者誉为奥黛丽·赫本的翻版。

又瘦又小的忆秦娥长成了人见人爱的大美女,她的美摄人心魄,男人见了莫不心旌摇荡,魂不守舍。很多有头有脸的人,都想娶忆秦娥做儿媳妇,她的第一任丈夫刘红兵,就是这时候盯上她的。然后,穷追不舍,死缠烂打,历经周折,终于抱得美人归。

忆秦娥的名气很快传到省城,省秦腔剧团一纸调令,把忆秦娥挖走了。

到了省秦腔剧团,忆秦娥等区县去的人,依然被人百般歧视。忆秦娥不管别人的冷言冷语,只管练功,她过硬的功夫艳压群芳,无人能敌,最后,又被选为主角。

为争当主角的斗争从未停闲,几乎到了你死我活的地步。

不管怎样,忆秦娥的主角地位无可替代,她演的戏在省城西京一上演便红爆了天。然后上京城演出,进中南海演出,掌声如雷,演出大获成功。最终,夺得全国戏曲调演一等奖,主演忆秦娥获得表演一等奖。

后来,忆秦娥又到港澳台演出,到欧洲演出,还被定居美国的米兰邀请去美国百老汇演出。演出获得了巨大的成功,忆秦娥的名气如日中天,万人追捧。

忆秦娥获得无数荣誉和辉煌,也遭受了无尽的屈辱和伤害,高光时却大祸临头。

忆秦娥在当烧火丫头时,被二厨廖耀辉猥亵,后被竞争对手楚嘉禾添盐加醋,大肆造谣诽谤。每当她演出获得赞誉时,流言就铺天盖地,蜂拥而至,如万箭穿心,让忆秦娥千疮百孔,伤心欲绝!

多少次,她都下定决心不当主角了,可命不由人,她的技艺无人能比,她只能在血泪和伤痛中咬紧牙关上舞台,迎接一个又一个荣光!

为什么楚嘉禾要这么做?因为要争当主角,所以不择手段。正是由于楚嘉禾的卑鄙、阴险及丑恶,才衬托出忆秦娥的单纯、高尚和伟大,在苦难和风雨中挺立,为秦腔艺术的传承和发扬光大奉献一生,是真正的"秦腔皇后"。

忆秦娥的情感生活也不如意,婚姻失败,初恋封潇潇成了酒疯子。两任丈夫都爱她如命,可由于小时候被猥亵的伤害,让她在夫妻生活中始终阴影笼罩,导致第一任丈夫刘红兵出轨离婚,发生车祸躺在床上成为废人;第二任丈夫石怀玉自杀,唯一的儿子刘忆痴傻,又坠楼身亡。

命运对忆秦娥手下留情了吗?没有!她当团长带团演出时,由于观众太多,舞台竟然坍塌了,死了几个孩子,几十人受伤,省秦腔剧团单团长也被当场压死了。

惊天的惨祸不仅让忆秦娥遍体鳞伤,心如刀绞,噩梦连连,几近崩溃,还到阴曹地府走了一圈。

遭此大难,忆秦娥心如死灰,想遁入空门,化解灾孽,了此残生。后经过尼姑庵师父的开解,忆秦娥又重返人间,登台演戏。唱戏,才是最好的度己度人,是更大的修行。

忆秦娥是个悲剧人物。她的一生,充满了悲情色彩,大起大落,血雨腥风,取得了辉煌的成就,承受了非人的诋毁,遭受了毁灭性的打击。她咬着牙,含着泪,扛过了如山的苦难,让生命之歌在天地唱响!

只有经过地狱般的磨炼,才能创造出天堂的力量;只有流过血的手指,才能弹出世间的绝唱!

一个女人、一个母亲,用坚强不屈,谱写出最壮丽的诗篇,演绎出最精彩的华章,塑造出最完美的人物,诠释了最伟大的母爱!

母亲节,谨以此篇献给所有的女人,愿所有的母亲,永远健康、幸福、美丽!

从月薪 2000 元，到年入百万，写作怎样改变人的命运

如今，是全民写作的时代，只要有一部手机，就可以实现随时随地写作。每一个写作的人，都有一个作家梦，同时，也希望得到稿费和版税收入，因为作家也要生活，没有收入，光靠文艺情怀，作家也撑不下去。

诺贝尔文学奖获得者莫言 2012 年的版税收入是 2150 万元；余华《活着》的版税收入是 1550 万元；当年明月《明朝那些事儿》仅 2019 年版税收入就达 1400 万元，历年版税收入超 4100 万元；唐家三少 2017 年，以 1.2 亿元版税收入五度蝉联网络作家富豪榜榜首。

知名作家写作赚大钱，他们可是写了很多年，实力雄厚，才有了如此成就，名利双收。而我们很多的普通写作者，可以写文章赚钱吗？答案是肯定的。

如何写作，如何变现？

齐帆齐老师的这本《人人都能学会的写作变现指南》，便是教你，怎样写文章，怎样赚钱。

这本书，通俗易懂，是齐帆齐老师六年写作精华的总结，她用亲身经历，实战经验，教授写作者如何通过打造个人品牌，写作创收。这本书语言朴实，事例丰满，满满的干货，上架后稳居当当网热销书第一名。

齐帆齐老师用六年时间，从月薪 2000 元到年入百万，华丽变身，逆

袭飞扬。她逆天改命的秘籍，便是这本《人人都能学会的写作变现指南》。

一、普通人能写作吗

王小波说："只要你会说话，就能写作。"

互联网时代，只要你发声，传到网络上，就会被人听见、被人看见，所以，写文章不是那些大作家、高学历精英的专利，只要你愿意，也可以成为写作者，这是网络时代给予普通人的红利。

齐帆齐老师，因家境贫寒，14岁半辍学回家，借钱到镇上学习缝纫，然后到沿海服装厂做一线工人，每天工作十六七个小时，辛苦劳累，思想麻木，如木偶人一般，这样的流水线工作，她一直干了8年。

齐帆齐老师正式写作前，打工、摆地摊、卖早点，一直生活在社会底层，干着最苦最累的活，拿着微薄的收入，在夹缝中苦苦谋生。

在这样艰苦的环境中，齐帆齐老师千方百计读书学习，时时在QQ空间记录心得体会，就是这样长期大量的阅读和积累，为她日后写作打下了坚实的基础。

2016年，齐帆齐老师正式开始写作，注册公众号"齐帆齐微刊"，并在"简书"一炮打响，成为签约作者，在荔枝微课任讲师，随后在美篇、豆瓣、百家号等平台崭露头角，一路汗水，一路收获，直至出书，加入省作协。

齐帆齐老师说："像我这样低起点，都能成为一名自由写作者，实现自由梦想，那么相信你也有机会，毕竟绝大部分人都比我起点高。"

王恒绩老师，也是贫苦出身。为了谋生，16岁离家到武汉打工，在建筑工地当小工、书摊卖书、酒店洗碗，后当上厨师。在当厨师的几年里，王老师利用休息时间看书写稿。刚开始几年，投稿都被拒稿，终有一天，他写的稿上了报。从此，一发不可收，他的稿件屡上报纸杂志，名声大振，被武汉某杂志社聘任为编辑，并落户武汉。

王老师加入了作协，是武汉市首位打工作家，曾被评为武汉市首届十大杰出务工青年、湖北省优秀编辑。

2004年，王老师创作的5000多字的小说《疯娘》，在全国青少年敬老爱老助老主题教育活动中，被评为全国"敬老好文章"，荣获一等奖。

《疯娘》的影响力有多大？这篇文章让王老师走进人民大会堂领奖，被上万家网站杂志竞相转载，100家影视公司要改编，王老师因此获得200万元的版税收入，被多所重点大学邀去讲课，现为某大学的常驻创意写作讲师。

齐帆齐老师的《追梦路上，让灵魂发光》，写到很多普通人靠写作改变命运的故事，有兴趣的朋友可以看一下。

二、零基础怎样写作

很多人都说，我不会写作，怎么写？齐帆齐老师教你写。

现在写作，不需要用计算机，只要用智能手机就行，随时随地都可以写，不必休息或周末，利用碎片化时间，记录下你的所见、所闻、所思、所想，从"一个字、一个词、一句话、一段文"组合而成，每天写上几百字，坚持一段时间，你写的字数越来越多，语句越来越流畅，这就叫熟能生巧。

写作，难在开始，贵在坚持。

如果你能坚持记日记，这样的好习惯，奠定你写作的基础，写文字对你，不是一件太难的事情。

当然，写文章不是记流水账，你要不断提升思维能力、组织构架能力、文字表达能力，要多看、多学，看那些知名作家、优秀作者的文章，看他们怎样谋篇布局，怎样遣词造句，怎样升华主题，最好的办法是模仿。世界很多著名作家都是从模仿开始，逐渐形成自己的风格，长时间反复大量练习，最后写出脍炙人口的佳作。

新手写作，齐帆齐老师给你推荐几个好的写作平台："简书"、微信公众号、今日头条、豆瓣、百家号、网易号、"大鱼号"等，简单易学，操作方便，如果不会，可以报齐帆齐老师的写作培训班，老师教、学员带，很快便可学会。

要写好文章，老师也会教你各种技巧：怎样搜索积累素材，建立自己的素材库；怎样激发灵感，让你闪耀源源不断的写作火花；怎样搭建文章结构框架，让文章逻辑性强、层次分明；怎样升华主题，提升文章内涵。

自媒体时代，要拥有更多关注度，写爆款文章是扩大影响力的好办法。有时候，一篇爆文便会捧红一个作者。老师也教你怎样写爆款文章：标题吸睛、选材热门、视角独特、戳中痛点，写爆款文的"套路"，齐帆齐老师结合自身事例倾囊相授。

我跟随齐帆齐老师写作几年，学会在简书、今日头条、公众号、知乎、美篇等平台写作。我的文章，大多是用手机完成的，因为用手机非常方便，可随时写文、修改、发布。

在繁忙的工作中，我一直坚持下来，不仅要学习、看书、写作，还要兼顾跳舞、锻炼、保养，真是挺不容易。

有了目标和梦想，便要高度自律，不断努力和精进，进一步有进一步的欢喜，相信，未来不会辜负辛勤耕耘的你！

三、怎样写作变现

一个作者，如果写出的文章，没有读者，没有关注，没有支持，没有鼓励，即便他文章写得很好，没有人看，那他很难坚持下去，更不用说有收入。

齐帆齐老师说，"粉丝"经济时代，必须要有用户思维和流量思维。

用户思维就是要站在用户的角度来思考问题，你写的文章能给读者带来什么价值，你不面对读者，一直自嗨，只能感动自己。

流量思维就是懂得积累用户，把你的文章通过多平台发布出去，吸引更多的读者，你的"粉丝"越多，你的关注度就越高，利用关注度做广告、做代理、卖产品，或为淘宝店引流，关注度就变为流量，变为财富。

美国著名互联网专家凯文·凯利曾经说过："任何创作者有1000个铁杆'粉丝'，就足够养活自己。"

"粉丝"就是衣食父母，积累"粉丝"，就是积累财富，不仅在各个平台积累大量的"粉丝"，还要学会引流。

引流就是把公域流量变为私域流量，把今日头条、百家号、知乎、网易、微博、抖音等平台的"粉丝"，吸引到自己的微信、公众号、视频号、朋友圈、社群等，拥有了强大的私域流量，你才能不受各个平台的限制，拥有超强的变现能力。

私域流量变现，齐帆齐老师用自己的亲身经历、朋友的故事、名人大咖的故事，形象生动地向我们讲述了私域流量怎样变现，怎样引爆财富增长点。

书中，齐帆齐老师系统全面地教授了怎样打造个人品牌，怎样掌握传播途径、扩大知名度和影响力，让影响力成为价值杠杆，引爆个人IP。

最后，齐帆齐老师还讲授了商业文案写作变现法则，让写作成为实现自身价值，创造财富的有力法宝。

我跟随齐帆齐老师写作五年多，不仅学到很多写作知识，认识很多优秀的人，更重要的是提升了认知，开阔了眼界。这本《人人都能学会的写作变现指南》，让我深层次认识到文字的价值。它不仅让你实现作家梦，还让你实现财富梦。精神物质双丰收，不就是我们每个人的最大理想和心愿吗？

辞官的县委书记——铁腕反腐背后的侠骨柔情

"我是县委书记,我在一年时间里,亲自签字抓捕了87个老板和官员,我旁边的二把手县长,三把手县委副书记、副县长、县委常委政协副主席,还有我头顶的直接州领导,现在都在牢里,他们都是因为我而坐了牢……

"你们看过的所有小说,看过的所有电影,看过的所有电视剧,都没有我经历过的精彩……

"我选择与腐败分子为敌,他们恨死了我,而人民群众是喜欢我的……"

听到这样振聋发聩、掷地有声的话,我震惊之余又有些好奇,他是谁,为什么敢说这样的话?

他叫陈行甲,清华大学硕士研究生,湖北省原巴东县委书记。他为推进巴东旅游事业发展,亲自演唱宣传歌曲,还从3000米高空跳伞,成为"网红书记",让巴东的知名度大大提高,吸引了许许多多游客来巴东游玩,有力地促进了地方经济发展,助力群众脱贫致富。

而被人们津津乐道、赞不绝口的是他"铁腕反腐",把一个又一个腐败分子送进监狱,彻底铲除腐败分子贪腐的土壤,净化了巴东的政治生态,百姓拍手称赞!

就在陈行甲被评为"全国优秀县委书记",反腐败斗争取得重大胜利,扶贫攻坚工作卓有成效,即将被提拔时,他却辞去了公职,转行去做公益事业,多少人出乎意料。

这是一个怎样的人,他身上有着怎样的传奇故事?怀着对这位正气凛然、铁骨铮铮,而又心怀天下的时代楷模的崇敬之情,我拜读并收藏了他的签名书《陈行甲人生笔记 在峡江的转弯处》。

本为一睹"铁腕书记"的反腐风采,看他比所有小说、所有电影、所有电视剧都精彩的反腐斗争,我迫不及待地看完了书。他只是在一个章节中简单讲述了在巴东的工作情况,并没有深入写与腐败分子之间你死我活、艰苦卓绝的斗争。

在巴东工作期间,陈行甲和妻子曾接过不少恐吓电话,乘车要严格检查安全,并且,他还得过严重的"抑郁症"。可想而知,斗争是多么残酷和激烈,压力巨大,这也是他任期结束后辞职做公益的一个原因。

书中没有预期的硝烟弥漫和惊心动魄,看到的是一些温情、朴实的文字,在那些平静的娓娓道来中,我却一次又一次湿了眼眶,被深深地感动着,不能自已……

陈行甲感动我的,不仅仅是他能力出众、才华横溢,不仅仅是他大公无私、一身正气,不仅仅是他不辞劳苦、一心为民,还有他深植在骨子里的家国情怀,对底层民众的悲悯和关爱。

他始终对贫苦百姓的疾苦能感同身受,始终能保持"共情"的底色,这才是让我无比崇敬、无比感动的地方!

陈行甲本不是凡人,当他把一大批腐败分子送进监狱,大力宣传发展巴东经济,扶贫创新全国领先,让曾经怨气冲天的"刁民百姓"支持政府,荣获"全国优秀县委书记",面临提拔重用时,他却辞去了公职。

这样的惊人举动,多少人无法理解,而他,却是换一种方式,更好地为人民服务,为千千万万身处社会底层、贫病交加的百姓群众服务,这样的人，值得钦佩，值得敬仰！

陈行甲曾站在风口浪尖，他的铁腕反腐让腐败分子恨之入骨，却赢得了百姓的崇敬爱戴，被评为"全国优秀县委书记"。前程似锦时却毅然辞职，成为绝无仅有的"奇葩"，甚至有人说他是"叛徒"，引发众多争议！

面对社会的不理解，陈行甲义无反顾。他辞职从事公益活动，创立深圳市恒晖公益基金会，致力于开展公益创新、大病救助、青少年心理健康和教育关怀、防灾救灾等方面的公益项目。

他现为深圳市基金会发展促进会执行会长、深圳市恒晖公益基金会理事长、深圳特区社会工作学院特聘教授、深圳市人大常委会社会建设委员会委员。

是金子，在哪里都闪闪发光，陈行甲 2015 年被评为"全国优秀县委书记"，获得"2017 年度中国十大社会推动者""2018 年度中国公益人物"，2019 年《我是演说家》全国总冠军等荣誉。他的优秀事迹，也广为流传开来。

"铁腕书记"的传奇人生，就在这本《陈行甲人生笔记 在峡江的转弯处》。书里，有太多温情的故事，让我们看到铮铮铁汉的侠骨柔情，对家人满怀深情，对百姓满怀悲悯。他毫不留情打击腐败分子，让贫苦的百姓能过上好一点的生活。他为群众办实事，感动巴东，也感动中国！

温情故事一

陈行甲的母亲，勤劳、善良、坚强、勇敢，身上集中了中国母亲的所有优点。陈行甲小时候，父亲在外地工作，母亲拉扯着两姐弟，要上山砍柴，下地干活，背着孩子挣工分，不敢停歇一刻。

在这样困苦的日子里，母亲还时常帮助别人，村里有七个儿女穷困潦倒的潘伯伯、王伯娘一家，经常来他家借盐，却从未还过。年幼的陈行甲不解地问母亲："他们总说借，总不还，为什么要借给他们？"

母亲拉下脸呵斥他："人不到活不下去的地步，怎么会借盐吃？我们不借给他们，他们就没地方借了，以后不准你说这种话！"

因为母亲的慈悲和善良，王伯娘一遇到困难便哭哭啼啼来他家求助，一天晚上，王伯娘又来窗前哭泣，开门一问，是她家的三女子有媒人上门提亲了，可是没有一件穿得出去的衣服，无路可走，又到唯一的求助处来哭泣。

母亲把最喜欢的一件白色带暗红格子的的确良衣服送给了三女子。那是母亲的嫁衣，村里很多人记得母亲出嫁时穿着一身白色带红格子的的确良衣服，皮肤白里透红，好看得"惊动了一湾子的人"。

后来，潘伯伯一家因疾病、卖血感染艾滋病、偷盗被打，一家老小一个一个死去，最后只剩下大儿子一人在村里生活，极其悲惨。陈行甲记得童年时，王伯娘夜里去世了，母亲去帮忙料理后事时痛哭失声。

尽管贫穷，母亲总是力所能及帮助别人，耳濡目染，陈行甲从小便在心底种下了善良的种子。他成长的过程中，助弱济贫成为一种责任、一种习惯。而母亲，像菩萨一样，永远是他心里最美丽的女人。

2006年，母亲患癌。最后的日子，在儿子面前她一直微笑着，让人感受不到她的疼。她那融化冰雪的笑成为儿子心中永远的痛！她那美丽、慈爱的面容，一直陪伴着陈行甲走过血雨腥风，给他无穷的力量！

温情故事二

陈行甲的妻子，叫霞，和他是湖北大学数学系的同班同学，霞成绩很好，本来准备考全国重点大学，因高考时家里出了变故，无奈接受了保送湖北大学的机会，阴差阳错和陈行甲成为同学，开始了一生的缘分。

霞很漂亮，皮肤好身材好，爱跳舞、善书法、英语棒……多才多艺，能力出众，第一学期就拿到一等奖学金，当上班团支部副书记、系学生会宣传部部长，鹤立鸡群。

在男生的心目中，霞很优秀，但她是"骄傲的孔雀"，可望而不可即！对于从小山村出来的陈行甲，更是觉得隔了一个阶级。

对于美丽又高傲的霞，陈行甲心里暗暗倾慕和喜欢，有意无意接近，闹了不少笑话，被同学嘲笑和调侃，弄得很尴尬。

缘分这东西很奇妙。霞渐渐注意到了陈行甲，这个朴实、努力又上进的男同学，长得也挺拔。一次又一次的碰撞中，不知什么时候，他们竟然擦出了爱的火花。

毕业后，霞去了广东教书，陈行甲回到了湖北兴山县老家工作。在两个不同的环境生活，仅靠书信往来，陈行甲觉得两人的感情越来越虚幻，由于自卑和无望，他首先提出了分手，强迫自己忘记霞。

也许，两颗相爱的心，是万水千山也阻隔不了的，断联一年后，他们又恢复了联系，彼此的感情更炽热。为了和霞在一起，陈行甲准备考研，将来和霞在城市里会合。

好事多磨，陈行甲考研总分高面试分数线22分，而单科分数线45分，他的政治考了44分，1分之差，让他与研究生失之交臂，美好的前景一下子被堵死了。他痛彻肺腑，心如死灰！

原本可以缴8000元读自费，陈行甲月工资122元，8000元对他来说是天文数字，他不愿跟节俭的父母要钱，更不愿花霞的辛苦钱，他痛苦得想自残！

这一次考研失败，让陈行甲和霞的感情又经历了一次考验。经过痛苦的抉择，霞决定辞去广东中山市的工作，来湖北兴山县和陈行甲在一起。

结婚后，陈行甲和霞相亲相爱，伉俪情深，多年来一如初恋，让旁人艳羡不已。

后来，陈行甲终于考上了清华大学的研究生，并到美国留学，圆了梦想，为自己的人生描上了浓墨重彩的一笔。

陈行甲任巴东县委书记期间，因大力打击腐败，霞多次接到威胁电话，整日担惊受怕。有一天又接到恐吓电话，极度担忧，打电话给陈行甲，说的却是："你一定要保重，我不指望你飞黄腾达，但一定要活着回来，不要担心我和儿子，我们永远为你骄傲！"

有妻如此，夫复何求！面对邪恶，生死关头，霞坚定不移地站在陈行甲身后，给他最有力的支持和鼓励。面对如山压力，陈行甲患上了严重的抑郁症，是霞日夜守候在他身边，陪他度过了那段黑暗的日子。

陈行甲是幸福的、有一个知心爱人，自始至终支持他，他辞职做公益，也得到了妻子的大力支持、同风雨，共患难，这就是人世间最美好的爱情！

温情故事三

2011年10月，40岁的陈行甲离任湖北宜都市市长，调到"国家级贫困县"巴东县担任县委书记。

上任后第一个月，陈行甲走访了十多个偏远的村子，巴东老百姓的贫穷无法想象，让出生在贫困山区的陈行甲都被震惊了。

大山深处，有的贫困户不是家徒四壁，而是只有三面墙，很多人因贫穷去卖血，不幸感染艾滋病，夫妻双双去世后，留下孩子孤苦伶仃，有的孩子也感染了艾滋病，饱受歧视。

老百姓贫病交加，怨气冲天，而造成如此恶劣的现状，主要原因是领导干部的贪腐和不作为。陈行甲痛心疾首，下定决心要改变巴东贫穷落后的面貌。

陈行甲上任后第一个重大举措是号召全县干部结穷亲，标准只有十个字："只要我还在，只要他还在。"

他带头结亲的对象小航是一个母体感染艾滋病、满头满脸长满红疮的8岁男孩，妈妈因艾滋病去世，爸爸常年在外打工。

因为患病，小航上不了学，没有玩伴，白天跟着奶奶下地干活，晚上跟着奶奶睡，村里人对他避而远之，从他们家门前路过都是绕道走。

陈行甲把小航认作干儿子，帮助他上学，帮助他看病。

县委书记的号召力是巨大的，很快，关怀穷人的结亲活动，在巴东轰轰烈烈地开展起来。县委宣传部跟进报道结穷亲的事迹。在正向舆论的影响下，一批社会人士也加入了结穷亲的队伍，加大了帮扶力度。

为了消除对艾滋病人的歧视，陈行甲专程到艾滋病最严重的三坪村，和艾滋病患者同坐一桌，互相夹菜，一起喝酒。用这种方式，告诉全县的老百姓：艾滋病一般接触不传染。他们已经很苦了，不应该再受歧视。

陈行甲儿子为父亲写的跋中说到，他刚上小学的那一年大年三十，父亲带着他和表哥坐车从县城去乡下，两个孩子各自提着年货礼物，去山间拜年。

拜年的"亲戚"居住在大山深处一间小房子里。她腰部以下身子不能动弹，用一块破旧的塑料布裹着爬行，爬着去种地、收割、打水，爬着劳动，爬着生存。

这位被称为向妈妈的人，在村民眼中就是个"怪物"，生活异常艰辛。县委书记去她家拜年，让她能在很长的时间里不受别的村民欺负。

孩子幼小的心灵被父亲的举动感染着、震撼着，多年来不曾忘怀。他说，如果有人问我，父亲教给你最重要的东西是什么，我想我会这样回答他：

"我们不该忘记自己走过的路，同情过的人，呼唤过的正义，渴求过的尊重，是这些东西构成了我们深植于生活世界的共通意义的根基。是这根基，让我们即便在日后形形色色的世界里，体会了失落，品尝了诱惑，经历了幻灭，领受了嘲讽，也不会轻易洗去自己那层名叫'共情'的底色。"

陈行甲是真正的人民公仆，他两袖清风，一身正气，他把人民的疾苦时刻放在心上，日夜操劳，他和腐败分子作殊死的斗争，绝不退缩！

他赢了，赢得了斗争，赢得了民心。他离别了巴东，巴东人民对他说：

"再见，甲哥。当你说再见我的巴东的时候，我知道你是真的流着热泪说的。一个政治前途无量的人，一脚踏进了巴东的丛林，以一种孤胆英雄的悲壮情怀，奋力搏击，左冲右突，终于把正能量的旗帜，干净自强的旗帜，插上了唯美的巫峡云巅。

"再见，甲哥。你走了，不知你有没有安排送别的情节。如果有，巴东人民已是奔走相告。我要加入远送故人的大军，给你日月永恒的注目，送你山谷回响的祝福。"

我也想说一声："甲哥，你是一个干净纯粹的人，顶天立地，一心为民，放弃名利地位，锦绣前程，只为了天下的苍生，试问有几人能做到？"

不必理会那些争议和嘲讽，他们理解不了一个淡泊名利的共产党人的高尚情怀，天下穷苦的老百姓都喜欢你、相信你、崇敬你，这就足够了！

举起熊熊燃烧的火炬，点亮生命的光，照亮前行的路，那个在人间播撒大爱的人，将被人民铭记，被历史铭记！